Terror na Paulista
© Eliana Martins, 2008

EDITORA-CHEFE: Claudia Morales
EDITOR: Fabricio Waltrick
EDITOR ASSISTENTE: Emílio Satoshi Hamaya
COORDENADORA DE REVISÃO: Ivany Picasso Batista
REVISORAS: Cláudia Cantarin, Millyane Magna Moura

ARTE
PROJETO GRÁFICO: Mabuya Design
EDITOR: Antonio Paulos
DIAGRAMADORA: Thatiana Kalaes
EDITORAÇÃO ELETRÔNICA: 13 arte design
PESQUISA ICONOGRÁFICA: Sílvio Kligin (coord.), Neuza Faccin

CIP-BRASIL. CATALOGAÇÃO NA FONTE
SINDICATO NACIONAL DOS EDITORES DE LIVROS, RJ

M341t

Martins, Eliana
  Terror na Paulista / Eliana Martins ; ilustrações Jefferson Costa. -
1.ed. - São Paulo : Ática, 2009.
  136p. : il. -(Os Caça-Mistérios. Olho no Lance)

  Apêndice
  Anexo: Cartão decodificador
  ISBN 978-85-08-12045-1

  1. Literatura juvenil. I. Costa, Jefferson. II. Título. III. Série.

08-3610.   CDD: 028.5
                                                  CDU: 087.5

ISBN 978 85 08 12045-1 (aluno)
ISBN 978 85 08 12046-8 (professor)
Código de obra CL 736263

2022
1ª edição
8ª impressão
Impressão e acabamento: Vox Gráfica

Todos os direitos reservados pela Editora Ática, 2009
Av. Otaviano Alves de Lima, 4400 – CEP 02909-900 – São Paulo, SP
Atendimento ao cliente: 0800-115152 – Fax: (11) 3990-1776
www.atica.com.br – www.atica.com.br/educacional – atendimento@atica.com.br

IMPORTANTE: Ao comprar um livro, você remunera e reconhece o trabalho do autor e o de muitos outros profissionais envolvidos na produção editorial e na comercialização das obras: editores, revisores, diagramadores, ilustradores, gráficos, divulgadores, distribuidores, livreiros, entre outros. Ajude-nos a combater a cópia ilegal! Ela gera desemprego, prejudica a difusão da cultura e encarece os livros que você compra.

ELIANA MARTINS

TERROR NA PAULISTA

ILUSTRAÇÕES
JEFFERSON COSTA

editora ática

QUEM SÃO

OS CAÇA-MISTÉRIOS

Índio
Nome completo:
Iberê Carlos Parreira
Idade: 11

Uma qualidade: Nunca desistir das coisas.

Um defeito: Fico louco para resolver tudo depressa; daí vai me dando uma coceira nas mãos e meu rosto fica vermelho. Pros meus amigos não gozarem da minha cara, já vou logo dando uns berros; por isso eles dizem que sou nervosinho.

Meu passatempo favorito: Montar quebra-cabeças.

Meu maior sonho: Ser engenheiro, pois também adoro montar e desmontar coisas.

Um pouco da minha vida: Estou no sétimo ano e sou bom aluno. Nem preciso estudar muito; prestar atenção nas aulas, para mim, é o suficiente. Meu pai é tenente do exército. Minha mãe vende perfumes e outras coisas desse tipo. Tenho mais dois irmãos, que também têm nomes indígenas. Aliás, muitos me chamam de Índio por causa do meu nome. Meu pai colocou esses nomes na gente em homenagem a seus ancestrais, os índios Pataxó, do sul da Bahia.

Jade
Nome completo:
Jade Nacarelli
Idade: 12

Uma qualidade: Ser amiga. Sou hiperamiga dos meus amigos; até dos chatonildos.

Um defeito: Como pra burro.

Meu passatempo favorito: Desenhar e comer. Adoro doces, salgados, líquidos, sólidos e gasosos. Por causa disso, vivo acima do peso.

Meu maior sonho: Ser desenhista de moda, pra juntar o útil ao agradável: desenhar e mostrar ao mundo o charme e a elegância dos gordinhos e das gordinhas.

Um pouco da minha vida: Estou no sétimo ano. Não vou dizer que gosto de estudar, pois seria pura mentira. Mas estudo; estou sempre na média e nunca repeti de ano. Sou filha única. Meus pais são dentistas. Meu pai é bem bonitão; minha mãe, nem se fale! Aliás, minha mãe quer que eu seja como ela: elegante e magrinha. Vive pegando no meu pé. Mas eu nem ligo; me gosto como sou: gordinha e desencanada. Que mania é essa de que só garota magra é que é bonita?!

Uma qualidade: Gosto de tudo muito certinho e organizado. Antes de fazer qualquer coisa, bolo um esquema.

Um defeito: Todo mundo diz que eu vivo repetindo "tipo assim". Mas isso não é defeito e sim jeito de falar.

Meu passatempo favorito: Ler gibi e jogar *videogame*.

Meu maior sonho: Cursar administração de empresas e ser o meu próprio patrão.

Um pouco da minha vida: Estudo no sétimo ano. Como meus pais não podem pagar a escola, tenho bolsa de estudos. Para manter a bolsa, ralo bastante, gostando ou não. Meu pai é zelador de um prédio da avenida Paulista, onde a gente mora. Às vezes se atrapalha com as palavras. Quando foi me registrar, em vez de Maurício, disse Maurilsom. Por favor, me chamem só de Mauri. Minha mãe, apesar de não ser oriental, faz um *yakisoba* sensacional e vende na Paulista. Tenho uma irmã chamada Percília, que devia ser Priscila, mas meu pai confundiu e... ficou.

Mauri
Nome completo: Maurilsom Alves
Idade: 12

Uma qualidade: Não é por nada, mas sou muito estudiosa. No fim do ano, estou com as médias todas fechadas. Não sou como a maioria, que vai à escola por obrigação; eu gosto de ir, gosto de aprender coisas novas.

Um defeito: Achar que todo mundo tem que entender as coisas logo de cara, como eu. Meus amigos vivem reclamando que eu falo palavras difíceis, até me chamam de dicionário ambulante. Mas isso, absolutamente, não procede; apenas respeito o vernáculo.

Meu passatempo favorito: Adoro viajar.

Meu maior sonho: Ser repórter e viajar pelo mundo entrevistando pessoas e conhecendo lugares.

Um pouco da minha vida: Estou cursando o sétimo ano. Tenho muitos amigos e adoro bater papo com eles. Meu pai é dono da maior banca de jornal da avenida Paulista. Minha mãe é juíza. Chique, né? Tanto minha mãe como meu pai são afro-brasileiros, descendentes de escravos. Tenho dois irmãos, mas sou a única menina.

Elisa
Nome completo: Elisa Ortiz
Idade: 12

FIQUE LIGADO!

Você acabou de conhecer os Caça-Mistérios. Agora você faz parte da turma e precisa ajudar a resolver os enigmas e descobrir quem está espalhando o terror na cidade de São Paulo.

Este não é um livro comum, que só se lê; você também interage com ele.

Preso ao verso da capa, você vai encontrar um envelope com uma lente decodificadora. Colocando-a sobre o texto oculto na superfície vermelha, você poderá ler as respostas das perguntas, que também se encontram no fim do livro.

Só recorra à lente decodificadora e à página com as respostas para confirmar se acertou, pois temos certeza de que você pode responder às perguntas sozinho, usando o seu raciocínio e a sua capacidade de observação.

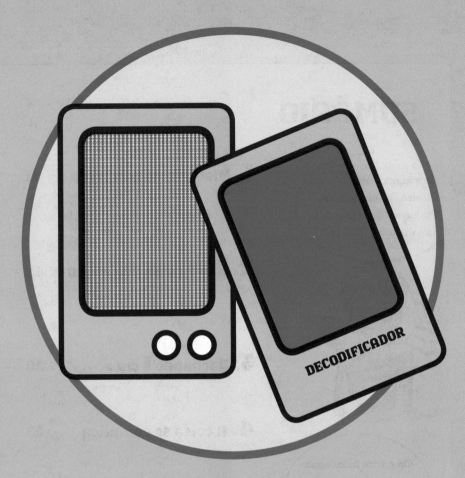

E AINDA TEM MAIS: na página 122, você vai encontrar a sua Ficha de Detetive, para assinalar os pontos que conseguiu marcar. Seja honesto e só assinale quando realmente tiver acertado, O.K.?

E também achamos que seria legal você ler as pesquisas que cada um dos Caça-Mistérios fez, na intenção de resolver o caso. Elas foram colocadas no final do livro e serão muito úteis para você participar da trama. Embarque com Índio, Jade, Mauri e Elisa nesta aventura e boa sorte na resolução dos enigmas!

SUMÁRIO

Os meninos acham que as meninas só atrapalham. Queriam a gente fora das investigações. Vê se pode!

1. Mistério no banheiro — 11

2. Não é coisa pra menina — 15

3. Rachando a cuca — 20

4. A coisa se complica — 23

Dei o troco descobrindo como decifrar as mensagens secretas dos criminosos. Imaginem a cara dos meninos.

5. Pensam que a gente é besta? — 29

6. E a polícia, onde fica? — 34

7. Contando a verdade   39

8. O segundo ataque   42

9. No rastro do Bochecha   46

10. Dividindo o trabalho   54

11. Um mergulho no passado   60

12. Que coisa de louco!   68

13. Mãos à obra   77

14. Que história é essa?   81

> Fiz uma descoberta que podia levar à solução dos crimes. Mas só aqui a turma resolveu me levar a sério.

15. De novo a polícia? 87

16. Cartas na mesa (do delegado) 95

17. Bochecha e seus comparsas 102

18. Alinhavando a história 105

> Sempre achei que a conclusão do delegado sobre o ataque final dos criminosos estava furada. Investigar é com a gente mesmo!

19. Na mira certa 110

20. Caçada final 117

Pesquisas dos Caça-Mistérios sobre São Paulo 126

MISTÉRIO NO BANHEIRO

Mau humor. Era isso o que Maurilsom sentia por estar lá, há quase meia hora, plantado na Casa das Rosas. Fora o fato de não ter conseguido pagar meia-entrada.

– Que eu saiba, estudante paga meia – tinha dito ele, ao ser cobrado.

– E que eu saiba, para pagar meia, o estudante tem que provar que é estudante. Cadê a sua carteirinha? – respondera o rapaz da bilheteria.

Foi nesse estado de ânimo que Índio, Elisa e Jade encontraram o amigo.

– Que demora! Não combinamos às duas? Olha só que horas são! Odeio gente atrasilda! – disse Mauri, mostrando o relógio. – Fura todo o esquema.

– Não estamos atrasados – defendeu-se Iberê, conhecido pelos amigos como Índio. – Você chegou primeiro porque mora aqui, na Paulista mesmo.

– Fora que tem mania de esquema. Que cara chato! – resmungou Jade.

– Escuta, se a gente continuar aqui discutindo, aí sim nos atrasamos – ponderou Elisa, apressando-se em comprar seu ingresso.

– Isso mesmo, Mauri. Que bicho te mordeu, cara? – disse Índio, abraçando-o e encerrando o assunto.

> Procure no mapa da página 124 onde fica a Casa das Rosas.

Era sábado. Na próxima segunda-feira, começaria a Semana do Folclore no colégio dos quatro amigos. Sempre inseparáveis, haviam formado um grupo e escolhido o local de sua pesquisa: o Espaço Haroldo de Campos de Poesia, mais conhecido como Casa das Rosas. Uma exposição sobre folclore estava acontecendo ali, e a turma chegou munida de máquina fotográfica, gravador e material de escrita.

Ao entrarem na primeira e maior sala da Casa das Rosas, os quatro notaram o belo quadro com a pintura de um homem.

– Quem será o cara? – perguntou Mauri.

– "Quem será o cara"... olha o jeito de você perguntar, Maurilsom – voltou a atacar Jade.

– Fala baixo! Esse meu nome ninguém merece. Custa me chamar de Mauri?

– Gente, por favor! – interveio Elisa. – A tela é o retrato do arquiteto Ramos de Azevedo. Está escrito ali, abaixo do quadro. Não sabem ler?

– Olha, pessoal, menos papo e mais trabalho, viu? – reclamou Índio. – Tem tanta coisa pra ver e fotografar!

– Acho que a gente podia se dividir – sugeriu Elisa. – Eu e a Jade fotografamos e fazemos entrevistas, o Índio e o Mauri anotam o que acharem interessante. Que tal?

– Legal – concordou Mauri, relaxando.

Assim fizeram. Exploraram cada canto daquele lugar maravilhoso, em pleno coração da avenida Paulista. Salas e mais salas, quartos, alpendres. No topo da casa, um sótão. Olhando-se da rua, as janelinhas do sótão pareciam esconder um mistério, uma cena de filme de terror. Ao redor da casa, os jardins cheios de roseiras; por isso, o nome Casa das Rosas.

Os quatro amigos levaram um bom tempo fotografando, anotando, entrevistando os organizadores da exposição.

– E aí, vamos nessa? – perguntaram Jade e Elisa aos colegas. – A gente já terminou nossa parte, e vocês?

– Também – respondeu Índio. – Podemos ir.

– Peraí que eu preciso ir ao banheiro! – pediu Mauri, apertando as pernas.

– Vai, vai, Mauri! Cê tá até roxo de vontade – disse Jade, caindo na risada.

O garoto, dando um olhar invocado para a amiga, seguiu para o banheiro, acompanhado de Índio.

No sanitário vizinho ao que Índio ocupou, uma pessoa parecia conversar ao celular.

– ... ho... je... – uma misteriosa voz masculina disse.

O garoto se interessou. Parecia haver algo estranho ali. Colou o ouvido na parede para tentar ouvir melhor.

– ... a pist... tá... for... no... quintal... Casa... Ros... – não dava para entender tudo, mas a voz parecia repetir o que a pessoa do outro lado da linha dizia.

– ... a próxxxxx ... ma... obra.

Intrigado, Índio deixou depressa a cabine, a tempo de ver o homem saindo pela outra porta, encerrando a conversa.

– Pode ficar tranquilo, chefe, que vai ser hoje – disse ele, baixinho, desligando o telefone e indo para o espelho pentear os cabelos.

Agitado, Índio notou que Mauri continuava no banheiro.

– Mauri, Mauri, sai daí, cara! Tá passando mal? – disse, batendo na porta e disfarçando um sorriso.

– Que pressa! – reclamou o outro, saindo do banheiro abotoando a bermuda.

– É que aconteceu um troço – disse Índio, disfarçadamente, ao ver o tal homem deixando o local.

NÃO É COISA PRA MENINA

– Tipo assim, que troço? – quis saber Mauri, curioso.

– Na cabine ao lado da minha, tinha um sujeito conversando no celular – começou Índio. – Aquele que saiu daqui agora.

– Eu não vi. Mas e daí?

– Ele tem uma bochecha enorme; parece o Quico, do *Chaves*. Até uma calça que acaba no meio da canela ele tá usando.

– Escuta aqui, Índio, cê me faz interromper o que eu tava fazendo por causa de um cara bochechudo? Pirou, é?

– Não, Mauri, deixa eu acabar. O sujeito tava combinando alguma armação com outra pessoa. Ouvi o papo meio cortado, mas deu pra entender que a pista está no forno da Casa das Rosas.

– Pista ou pizza? Forno é lugar de pizza – disse Mauri, já se encaminhando para a saída. – Vai ver os dois estavam combinando comer pizza.

– Espera, Mauri! É sério. É *pista*, mesmo – insistiu Índio, fazendo o amigo voltar.

– Tipo assim, que pista?

– O cara disse que era da próxima obra. Deve ser algum golpe sujo.

– Golpe sujo? Cê anda lendo muita história de suspense, Índio.

– Não, Mauri, acredita, pô! Eu ouvi mesmo. Cê tem que acreditar! – disse Índio, esfregando as mãos de nervoso. – Antes de desligar o telefone, o Bochecha disse pro outro que o negócio ia ser hoje.

Mauri ficou pensativo.

– Que que cê tá pensando? – perguntou Índio.

– Tô pensando que você já tá com a cara parecendo um tomate.

Índio se irritou:

– Não começa, viu, Mauri! Você não gosta que te chamem de Maurilsom e eu não gosto que me chamem de tomate nem de pimentão. Cê tá careca de saber. Tô falando sério, caramba!

– Tá bom, tá bom, desculpe – disse Mauri, franzindo a testa.

– No que cê tá pensando? – voltou a perguntar Índio.

– No esquema: a) se tem mesmo um golpe sujo pra acontecer, temos que seguir o tal Bochecha; b) ver se tem algum forno nesta casa; c) despistar as meninas.

Índio coçou mais as mãos, louco para agir. Concordou com todo o esquema de Mauri e os dois saíram do banheiro. Elisa e Jade esperavam impacientes.

– Escuta... Depois dizem que mulher é que demora no banheiro – reclamou Jade.

– Olha, o Índio e eu vamos passar na locadora e alugar um *videogame* pra jogar na minha casa. Vocês querem ir?

– Deus me livre! – disse Jade. – Você só aluga umas melecas de jogos, Mauri. Vou pra casa que hoje tenho um aniversário.

– Eu também vou pra casa – disse Elisa. – Quero passar a limpo o que anotei e pesquisar mais um pouco sobre o folclore. Descobri um *site* bárbaro sobre isso.

– Então vamos, Elisa. Tchauzinhooo! – despediu-se Jade, balançando os dedos.

Assim que elas partiram, Mauri cutucou o amigo.

– O esquema é este, Índio: segue o Bochecha, que eu vejo se as duas foram embora mesmo; depois te encontro.

Assim fizeram os garotos; cada um correu para um lado. Não podiam perder o homem de vista.

Mauri só sossegou quando viu Jade e Elisa lá pelas bandas do Instituto Pasteur.

"Território livre", pensou, apressado em juntar-se ao amigo.

Quanto a Índio, aproveitando-se de sua pequena estatura, foi se in-

filtrando no meio dos visitantes da exposição de folclore, seguindo o Bochecha, que também zanzava, aqui e ali, certamente à procura do tal forno.

Não demorou muito e Mauri apareceu.

– As meninas já eram – disse. – E o Bochecha?

– Tá ali, ó – mostrou Índio, apontando para os canteiros de rosas.

– Parece mesmo o Quico do *Chaves* – constatou Mauri.

O homem já havia varado a casa toda, inclusive a cozinha, onde havia um forno. Mas não devia ter encontrado nada que interessasse; por isso, saíra. Olhou os jardins, o vasto quintal, até que deparou com uma pequena escada.

– O cara tá subindo a escada, Índio. Se a gente subir junto, ele vê.

– Vamos ficar aqui, atrás destas roseiras – propôs Índio. – Dá pra ver o que ele vai fazer.

O homem, olhos atentos e certeiros, pareceu ver algo. Aproximou-se de uma parede e constatou: era um forno antigo, de fazer pão.

– Olha lá! Olha lá! O Bochecha encontrou alguma coisa – animou-se Índio. – É um forno; ele achou o forno.

– Psiu! Quer que ele veja a gente? – reclamou Mauri.

Abrindo a porta do forno, o sujeito pareceu encontrar algo.

– Ele colocou um troço em cima de um papel e tá lendo – percebeu Índio. – É a pista! Só pode ser! – disse ele, radiante.

– Psiu! Cala a boca, Índio!

O homem da bochecha grande parecia estar satisfeito. Fechou o forno e olhou ao redor como que se certificando de que ninguém o vira. Então desceu as escadas. Dirigindo-se para a saída da Casa das Rosas, passou tão rente ao esconderijo de Índio e Mauri que quase os descobre.

– Putz, cara, agora suei frio – disse Mauri, mas Índio nem ouviu; tinha visto o tal homem jogar um papel no chão.

Apressando-se e sem ser visto pelo bochechudo, Índio achou o papel.

– Mauri, Mauri, olha só, é o papel que o Bochecha tirou do forno. É a pista!

Rapidamente, Mauri juntou-se ao amigo, tirando o papel de sua mão:

– Deixa eu ver! O que está escrito? Abre logo, Mauri!
– É melhor a gente sair daqui – disse o outro, enfiando o papel no bolso, para desespero de Índio.
– Tá louco que eu vou ficar na vontade!? Abre logo aí, Mauri!
– Não. É perigoso. Vamos ali, na lanchonete em frente – Mauri apontou para o outro lado da avenida Paulista. – Daí lemos o papel com calma.

Em poucos minutos, os dois entravam na lanchonete. Pediram um refrigerante e dois copos; então, Mauri abriu o papel.
– O que está escrito? – perguntou Índio.
Mas a cara de desapontamento do amigo foi a resposta:
– Não dá pra entender nada, Índio! É só uma mancha vermelha!
– Como não dá? Deixa eu ver! – Índio pegou o papel. – Não é possível! O bilhete deve estar codificado, Mauri. Bem que eu vi o bochechudo colocar um negócio no papel, antes de ler. Devia ser um decodificador.

RACHANDO A CUCA

– O Bochecha pensa que a gente é idiota, meu!? – resmungou Mauri, irritado, fazendo Índio rir.

– Ele nem sabe que a gente existe, Mauri, nem que apelidamos ele de Bochecha. Aliás, o Bochecha é uma anta; nunca devia ter jogado a pista fora, nem com código nem sem.

– Chega de falatório, Índio! Afinal, de que lado você está? Vamos montar um esquema de ataque.

– Lá vem você com esquema! Não tem esquema nenhum; o que a gente tem é que descobrir o que está escrito aqui.

– Como vamos fazer isso, Índio?

– Deixa a mensagem comigo, Mauri. Te juro que vou arrumar um decodificador para ler esta... caca, ou não me chamo Iberê Carlos Parreira.

– Cê também tem um nominho bem sem-vergonha, hein, Índio?

Como sempre, quando sua cabeça já remoía alguma ideia, Índio nem ouviu o comentário jocoso do amigo.

– Tô indo nessa, Mauri; tenho muito trabalho a fazer. Toma aí a grana do refri. Na próxima, você paga.

Deixando Mauri acertando as contas, Índio tomou o ônibus para o bairro do Itaim, onde morava. Na cabeça, uma ideia fixa: encontrar seus antigos almanaques, seu *Manual do escoteiro mirim*, fuçar no armário de quinquilharias de seu pai, enfim, descobrir um meio de ler o papel codificado da pista, elaborar um decodificador.

"Já vi que vou passar o resto do sábado nisso", constatou o garoto.

"Mas vou decifrar este bilhete; ah, se vou! Quando enfio uma ideia na cabeça, ninguém me segura."

Já era bem tarde quando o telefone da casa de Índio tocou.
– E aí, já descobriu o esquema? – ouviu-se a voz de Mauri.
– Se eu tivesse descoberto, já teria te avisado, Mauri. Vai dormir e me deixa sossegado, pois acho que estou perto da solução. Assim que conseguir ler o bilhete, te aviso, O.K.?
– Me liga, mesmo se for de madrugada. O.K., Índio?
Sob a promessa do amigo, Mauri desligou o telefone.
"Esse nanico é metido a sabe-tudo", pensou ele, voltando para a cama.
O tenente Parreira, pai de Índio, adorava guardar miudezas. Achava que a qualquer hora acabaria precisando.
Em um dos quartos da casa, o armário proibido para menores era o sonho de seus três filhos. Por ser o mais velho e muito responsável, Índio já havia conseguido do pai licença para se utilizar dos pertences do armário, quando precisasse.
"Meu pai andou fazendo limpeza neste armário. Só espero que não tenha jogado fora aquela pasta de especiais", pensava, quando deparou com ela.
– Uau! – até gritou. – Achei!
Eram uns papéis decodificadores que o tenente Parreira havia trazido do exército, num dia de limpeza de seu setor. Cópias dos utilizados para decifrar mensagens na guerra do Vietnã.
"A mensagem do Bochecha tem uma trama vermelha; portanto, o decodificador também tem que ser vermelho para filtrar as palavras em preto", pensou ele, lembrando-se do que havia lido em um livro de mágica e testando, um por um, os decodificadores da pasta.
– Que droga! Será possível que nenhum vai servir? – resmungou Índio, ao testar o último.
Seus pais e irmãos já estavam deitados. Ele sabia que precisava fazer o mesmo; caso contrário, sua mãe, percebendo a luz acesa, aca-

baria descobrindo tudo. Mas como pegar no sono com aquele bilhete indecifrável? Sem opção, o garoto fechou a pasta de papéis, guardando-a no armário.

Já ia apagando a luz, quando percebeu um papel caído no carpete. De imediato, Índio percebeu que podia ser o que procurava. Era vermelho e resistente. Abriu rapidamente a mensagem codificada, colocando o papel vermelho por cima. Lá estava, clara e transparente, a mensagem recebida pelo Bochecha.

Ao lê-la, porém, o desapontamento estampou-se no olhar de Índio.

– Eu sabia! Eu sabia que estavam tramando algum golpe sujo. Mas é muita sacanagem; decifrei a mensagem e continuo na mesma – resmungou.

Apesar da hora avançada, promessa era dívida; ele ligou para Mauri:

– É o que estou te falando, Mauri, consegui ler a mensagem, mas não adiantou nada.

Mauri ficou com ódio mortal quando Índio contou a ele o que estava escrito. Mas pegue o decodificador encartado no fim do livro e veja você mesmo se não era para ficar com raiva:

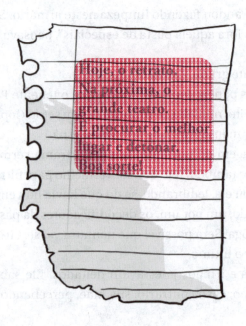

A COISA SE COMPLICA

– Percília, se você não der conta de lavar essa louça, não vai chegar nunca na barraca da sua mãe – disse seu Chico. – Domingo é dia de movimento e você precisa ajudar a coitada.

A filha saiu, beijando o pai, mas Mauri continuou na sala, segurando um pão com manteiga, de olhar vidrado no noticiário da televisão.

– Que te deu, Maurilsom? Parece que apareceu fantasma na televisão – resmungou seu Chico.

– Não apareceu fantasma, pai, mas a coisa tá ficando complicada – disse Mauri, pegando a mochila. – Tchau, pai! Fui! – e saiu, porta afora, feito um rojão.

Índio já esperava por ele, na esquina das avenidas Brigadeiro Luís Antônio e Paulista, como haviam combinado ao telefone, quando o viu chegar, desembestado.

– Que foi, cara? – perguntou. – Tudo isso é pressa para ler o bilhete?

– Nada, você não sabe de nada, nanico – bufou Mauri, enxugando o suor da testa com a bainha da camiseta.

Índio ficou vermelho de raiva:

– Eu sei que sou baixinho, mas não precisa me tratar assim, logo cedo.

Mauri bateu no ombro do amigo:

– Desculpa aí, Índio... Não foi isso que eu quis dizer. Eu quis dizer que você é um nanico com cara de tomate. Calma! Tô brincando! – consertou logo. – Falando sério, vi no noticiário que invadiram a Casa das Rosas e destruíram...

– Destruíram o quê? Fala, Mauri! – pediu Índio, animando-se e sem perceber que Jade e Elisa também chegavam.

– Destruíram o esquema que você tinha feito para hoje? É, Mauri? – já veio brincando Jade.

– De onde vieram essas duas? – espantou-se Mauri.

– A gente resolveu dar mais uma espiada na Casa das Rosas – explicou Elisa. – Achamos que ainda pode haver alguma coisa interessante para fotografarmos.

– E vocês? O que estão fazendo aqui? – perguntou Jade.

– Nós... é... a gente... também – gaguejou Índio.

– É, a gente também – confirmou Mauri.

As duas meninas entreolharam-se.

– Vocês também o quê? – adiantou-se Elisa.

– A gente também foi dar mais uma olhada na Casa das Rosas. Mas já estamos indo embora, né, Índio?

Silêncio total.

– E aí, Elisa, conseguiu encontrar mais coisas sobre o folclore naquele *site* de que você falou? – perguntou Índio, louco para se livrar das meninas.

– Achei coisa de montão, Índio. Aliás, Jade, quero te mostrar. Precisamos escolher o que vamos usar, antes de juntar nossa parte com a dos meninos.

– Isso, isso, vão organizando o esquema. Amanhã, eu e o Índio levamos o nosso material, O.K.? – propôs Mauri, intrigando as duas.

– Cê tá querendo se livrar da gente? É, Mauri?

Mas Índio entrou na conversa:

– Temos bem menos material que vocês e vamos ficar sem graça de ver o tanto de coisa que vocês pesquisaram.

Parecendo aceitar a explicação, Jade e Elisa atravessaram a avenida Paulista rumo à Casa das Rosas.

Então a curiosidade de Índio explodiu:

– Afinal, Mauri, quem destruiu o que na Casa das Rosas? Me conta, vai! – pediu ele, coçando as mãos.

– Meu pai tava assistindo ao jornal da manhã, quando deram a notícia: alguém entrou na Casa das Rosas, de madrugada, e retalhou todo o quadro com a pintura do Ramos de Azevedo. Lembra? Aquele que eu não sabia quem era? – explicou Mauri. – Será que foi o Bochecha?

– Só pode ter sido – confirmou Índio. – E o pior é que a mensagem que decodifiquei diz que o próximo ataque será em um grande teatro, mas não diz qual, nem dia nem hora. Dá uma olhada!

Maurilsom pegou o papel decodificador que Índio, engenhosamente, havia transformado em lupa e constatou:

– É mesmo; não ajuda em nada. Mas isso não é tudo, Índio. Soube de tanta coisa nova que até me esqueci da mensagem codificada.

– Como assim? Tem mais coisas? – intrigou-se o outro.

– No jornal da manhã, também disseram que na parede da Casa das Rosas, logo abaixo do quadro retalhado, deixaram uma pichação que ninguém, até aquele momento, tinha conseguido ler.

Índio intrigava-se cada vez mais.

– Pichação? Daquelas de *spray*, que nem as que a gente vê na rua?

– Sei lá, cara! Só sei que era pichação – respondeu Mauri.

– Escuta, mas nem a polícia entendeu o que estava escrito na parede? – continuou Índio, com grande curiosidade.

– Olha, Índio, só tô repetindo o que ouvi no jornal. Tinha umas coisas pichadas, logo abaixo do quadro e pronto.

Os olhos de Índio brilharam:

– A coisa começou com um mistério, agora já tá virando terror, Mauri. Temos que agir depressa.

A palavra *agir* fez Mauri se concentrar:

– Temos que bolar um esquema de ação.

Mas o pensamento de Índio já ia longe:

– Não tem esquema nenhum, Mauri. Vamos agora mesmo ver essa tal pichação!

A passos largos, os dois amigos rumaram para a Casa das Rosas. No

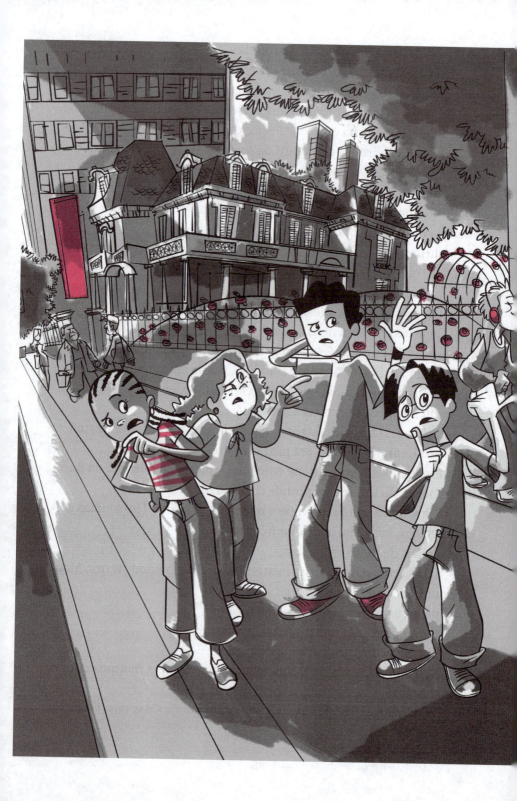

meio do caminho, no entanto, reencontraram Jade e Elisa, que voltavam.

– Ué, vocês não estavam indo embora? – perguntou Jade.

Índio e Mauri se desconcertaram, inventando mais uma desculpa.

– Resolvemos ir até o *shopping* Pátio Paulista – disse Índio.

– Viram que azar? A Casa das Rosas está fechada e cheia de policiais. Disseram que hoje não abre – comentou Jade.

– Já que não podemos fazer nada, nós duas vamos dar uma fuçada na feira de antiguidades do Masp. Vocês querem ir? – convidou Elisa.

Mas Índio e Mauri estavam catatônicos com a inesperada notícia.

– Mauri, ÚÚ! – brincou Jade, estalando os dedos na cara do amigo.

– O quê?

– Vocês querem ir na feirinha do Masp com a gente? – repetiu Elisa.

– Não. Eu convidei o Mauri pra almoçar na minha casa – respondeu Índio.

– Convidou, é? – espantou-se Mauri.

– Ai, Elisa, é melhor a gente se mandar. Esse dois ainda não acordaram.

Despedindo-se, as garotas tomaram o rumo do Museu de Arte de São Paulo.

– Você é uma anta, hein, Mauri!? Devia ter confirmado que ia almoçar na minha casa.

– Mas primeiro você disse que a gente ia no *shopping* Pátio Paulista. Será que as meninas desconfiaram de alguma coisa?

– Sei lá! Só sei que, com essa história de a Casa das Rosas estar fechada, não podemos fazer nada. Mas nesta semana vamos ter menos aulas por causa das apresentações de folclore. Amanhã, quando a gente sair do colégio, voltamos à Casa das Rosas e, quem sabe, conseguimos descobrir alguma coisa.

Na manhã seguinte, como combinado, ao término das primeiras apresentações da Semana do Folclore e despistando Elisa e Jade de todas as maneiras possíveis, Mauri e Índio rumaram para a Casa das Rosas.

A movimentação à entrada do Espaço Haroldo de Campos era intensa. Policiais e curiosos observavam a casa.

– Não contava com isso – resmungou Índio ao deparar com um cordão de isolamento que ainda impedia parcialmente a entrada na casa.

– A gente vai ter que entrar na marra – disse Mauri.

– Na marra, não, Mauri; vamos entrar sem que ninguém perceba.

– O que dá na mesma, Índio.

– Mas é mais delicado.

– Cala a boca, Índio! Para de falar asneira – esbravejou Mauri, enquanto o amigo já passava por baixo da fita amarela e corria para a parte traseira da casa.

– Espera aí! – sussurrou Mauri, correndo atrás. – Você é um nanico, ninguém te vê; mas eu não.

Dentro da casa, outro aglomerado de pessoas discutia em volta do quadro retalhado. Repórteres, fotógrafos... Os dois garotos, esgueirando-se da forma que podiam, conseguiram se aproximar.

– Olha lá! Olha lá a pichação que te falei! – cochichou Mauri no ouvido do Índio.

– Psiu! – reclamou o amigo. – Nossa, não tem nada a ver com o bilhete codificado. Anota aí o enigma.

– Tipo assim, que enigma?

– A pichação, Mauri.

O garoto pegou seu inseparável bloquinho e copiou os estranhos rabiscos da parede.

PENSAM QUE A GENTE É BESTA?

Todas as desculpas dadas por Mauri e Índio, no domingo anterior, e a inquietação deles para que aquela manhã no colégio passasse depressa intrigaram Elisa e Jade. Curiosas, decidiram segui-los, à saída das aulas.

– O que será que eles vieram fazer, de novo, aqui na Casa das Rosas? – perguntou Jade, ao ver os dois amigos entrando, por baixo das faixas, no jardim do casarão.

– O que será que a polícia ainda está fazendo aqui é o que eu gostaria de saber – retrucou Elisa. – Ontem a casa estava lacrada; hoje, só pode entrar quem tem credencial. Muito estranho, né, Jade?

– Ué, não é você que quer ser repórter? Vai lá e pergunta! – cutucou Jade.

– É pra já!

Elisa cercou um policial e só se contentou depois que ele lhe contou a história toda.

– Fala logo, Elisa!

– O fato é o seguinte, Jade: alguém entrou aqui na madrugada de sábado para domingo e, com um objeto cortante, rasgou o retrato do Ramos de Azevedo.

– Aquele que a gente viu? – lembrou Jade, mordendo um bombom.

– Ele mesmo. Fora isso, o facínora deixou suas impressões na parede.

– Quer traduzir o que disse, por favor? – pediu Jade.

– Você precisa reciclar seu português, Jade. Um dicionário de vez em quando não cai mal, viu? – reclamou Elisa.

– Não enche, Elisa! Fala logo!

– Facínora significa bandido. O cara que entrou na casa é um criminoso que deixou pichada na parede uma coisa que ninguém entendeu até agora. É isso – explicou Elisa.

– Hummmmm... Então era isso? – resmungou Jade.

– Isso o quê?

– O que estava deixando o Mauri e o Índio cheios de segredo. De alguma forma, eles souberam do acontecido aqui e vieram resolver a parada. Sim, porque aqueles dois acham que são os mais espertos de São Paulo – encerrou Jade, dando uma gostosa risada.

– Calada, Jade! Vamos nos esconder porque os dois vêm vindo.

Lá do meio dos canteiros de rosas, Índio chegava seguido pelo Mauri.

– Ufa! Até que enfim a rua! – disse Mauri, segurando firme o bloquinho. – Vamos lá pra minha casa tentar decifrar esta meleca.

– Que meleca, hein, Maurilsom? – gritou Jade, atrás do garoto, fazendo-o derrubar o bloquinho.

– Sai pra lá, garota; parece assombração! – disse ele, irritado. – E não me chama pelo nome, já disse!

Índio ia pegando o bloco do chão, quando Elisa o prendeu com o pé.

– Na-na-ni-na-não! Pode ir tirando a mãozinha de cima – disse ela, abaixando-se e pegando o bloco. – O que é que tem de tão importante neste bloquinho?

Sem ter mais por onde fugir, Índio abriu o jogo, contou tudo para as amigas. Desde o encontro com o Bochecha, no banheiro, até aquele momento. Depois mostrou o bilhete codificado e a lupa que tinha feito.

– Você é um bocudo, Índio; um nanico bocudo – irritou-se Mauri. – O combinado não era deixar as meninas de fora?

– Chega de conversa mole! – berrou Jade. – Pensam que a gente é besta? Mostra logo o que vocês copiaram da parede, Índio! O segurança contou sobre a tal pichação.

Mas, por mais que olhassem os rabiscos, nem Elisa nem Jade conseguiram decifrar, de pronto, o enigma.

– Que coisa mais enrolada! – disse Jade.

– Parece história da Agatha Christie – observou Elisa.

– Olha, o Índio e eu vamos para a minha casa decifrar o enigma; depois a gente fala com vocês – disse Mauri, arrancando o bloco da mão de Elisa, tentando encerrar o assunto.

– E, por acaso, você tem ideia de como decifrar isso, Mauri? – perguntou a amiga.

– Claro! – respondeu ele. – Estou bolando um esquema decisivo; ou vai ou racha.

– Mas enquanto não vai nem racha, que tal eu e a Jade irmos junto para sua casa? Não dá mais pra deixar a gente de fora.

– Até que pode ser bom, Mauri. Meninas têm sexto sentido – disse Índio, tentando convencer o amigo.

– Três contra um não vale. Tá bom... Vocês ganharam. Vamos para minha casa – concordou ele.

– Que tal a gente primeiro ir comer um belo *yakisoba* na barraca da sua mãe? – sugeriu Jade, sempre faminta.

Como sempre, o *yakisoba* da mãe do Mauri estava sensacional. Depois, todos foram para a casa dele.

– Fiquem à vontade, mas nada de bagunça – pediu seu Chico, que trabalhava como zelador. – Hoje vou render a porta do folgueiro – então saiu em direção à guarita do prédio.

Os visitantes se entreolharam. Mauri suspirou:

– Ele disse que vai cobrir a *folga* do *porteiro*.

Mauri abriu o bloco de anotações sobre a mesa da sala. Por mais que já tivessem olhado, nenhum dos quatro fazia a menor ideia do que estava escrito ali.

– Não é mole, não – resmungou Jade, fechando um olho e mirando a anotação enigmática.

– Mulher não tem jeito para isso mesmo.

Mas desta vez, Jade nem deu bola para o comentário de Mauri. Em vez disso, tirou o celular do bolso e fez uma ligação:

– Alô, mãe? Me faz um favor? Pega no meu quarto um livro chamado *Códigos do mundo todo*. Está na terceira prateleira. É o oitavo da esquerda para a direita.

Os três amigos se olharam boquiabertos. Como ela fazia isso?

– Procura no sumário "Alfabeto supersecreto", por favor, mãe – continuou Jade. – Achou? Lê o que está escrito no começo.

A expectativa foi ficando cada vez maior.

– O que que essa maluca tá fazendo? – esbravejou Mauri.

– Esta maluca já sabe como ler o que está escrito aí – respondeu Jade, desligando o telefone. – Olhem bem as letras escritas no papel!

Índio, Mauri e Elisa se aproximaram de Jade, que explicou:

– Prestem atenção: se a gente pegar o alfabeto e for pulando letras, ou para a frente ou para trás, partindo dessas que estão no papel, descobrimos o que está escrito. Vamos começar pulando duas letras para a frente e ver se forma alguma palavra; se não formar, pulamos duas para trás. Assim: GUVC – se a gente pular duas depois do G, chegamos no I; duas depois do U, no W; duas depois do V, no X; duas depois do C, no E. Então temos: IWXE.

– O que não quer dizer nada – disse Mauri.

– Então vamos tentar pular duas letras para trás. Quem me ajuda?

Os quatro se concentraram nas letras, tentando decifrar a mensagem. Em pouco tempo tinham a resposta.

SERÁ QUE VOCÊ SABE?

**GUVC G C RTKOGKTC.
SWCN XKTC FGRQKU?**

Esta é a mensagem que foi pichada na Casa das Rosas. Se você conseguir traduzir sozinho, sem o uso do decodificador, marque um ponto na sua Ficha de Detetive na página 122.

E A POLÍCIA, ONDE FICA?

– Grande Jade! – comemorou Elisa, abraçando a amiga.

– Obrigada, obrigada! – agradeceu Jade, retribuindo o abraço. – Esse meu livro *Códigos do mundo todo* é bom mesmo, né?

– Qui-qui-qui-có-có-có-ti-ti-ti... Essas meninas falam demais! Eu te disse que mulher na parada só atrapalha, Índio – resmungou Mauri, bravo por não terem sido nenhum dos meninos quem descobriu a tradução.

– Deixa de ser besta, Maurilsom! Você tá é despeitado. Se não fosse eu, vocês já estariam chorando de tristeza – provocou Jade.

– Temos que concordar e baixar as orelhas, Mauri. Foi ponto para elas – disse Índio. – Mas, sinceramente, acho que é hora de a gente contar tudo para a polícia.

Ao ouvir aquilo, Jade contestou:

– Polícia? – perguntou a garota. – Para quê? A polícia nem ligou pra pichação.

– Vai ver, achou que era uma pichação qualquer, de vândalo. Decerto nem passou pela cabeça deles que houvesse uma mensagem secreta – comentou Índio.

– Pode ser, Índio, mas dou razão pra Jade – disse Mauri. – Podemos montar um belo esquema e desbaratar essa quadrilha sozinhos.

– Quadrilha? – espantou-se Elisa. – Vocês não disseram que era só um homem, o tal bochechudo?

– Sim, mas se vai atacar um grande teatro, não deve estar agindo sozinho – completou Índio.

– Isso é verdade – concordou Elisa –, e acho que você também está certo de querer procurar a polícia, Índio.
– A do 78º Distrito Policial? – quis saber Jade, preocupada.
– Claro, Jade! É o distrito dos Jardins – confirmou Índio. – Vamos!
– Tamos fritos, Jade! – disse Mauri, quando Elisa e Índio já abriam a porta do apartamento, sem ouvir o comentário.
– Ué, já vai, Aimberê? Você também, Marisa? – perguntou seu Chico, que chegava.
Os dois amigos, acostumados com as confusões de seu Chico, nem corrigiram os nomes; abraçaram o homem e saíram.
– Você e a Gina... Jane...
– Jade, seu Chico.
– ... Jade não vão também, Maurilsom?
Mauri, irritadíssimo com tudo aquilo, só disse um "vamos, pai" e saiu com Jade.
– Não tem jeito, Jade, vamos ter que enfrentar o delegado de novo.

O 78º Distrito Policial ficava a apenas algumas quadras do edifício onde Mauri morava. Àquela hora da tarde, a movimentação era intensa, principalmente naquele dia, depois do ocorrido na Casa das Rosas.
– Vai falando logo, cidadão, que não é permitido crianças na delegacia – disse para Índio um policial que atendia no balcão de informações.
Elisa se irritou:
– Nós não somos crianças e sim adolescentes.
– É tudo a mesma coisa, menina – retrucou o policial, com um palito de dentes no canto da boca.
– Precisamos falar com o delegado – pediu Índio.
– O doutor William não está.
– Então a gente espera – disse Elisa. – Vem, Índio!
Os dois sentaram em um banco de madeira, onde outras pessoas aguardavam.
Do lado de fora da delegacia, atrás de umas viaturas da polícia estacionadas, Jade e Mauri observavam.

– Será que o delegado taí, Jade?

– Sei lá! Só sei que a gente não deve meter as caras lá dentro, Mauri. Deixa o Índio e a Elisa resolverem tudo.

– Mas eles vão acabar desconfiando.

– Que desconfiem. É melhor isso do que o delegado ver a gente aqui de novo. Se isso acontecer, podemos jurar de pé junto que essa história do Bochecha é verdade, e ele não vai acreditar.

Mais de uma hora se passou e nada de o delegado chegar.

– Escuta, será que o delegado demora? – perguntou Elisa para o policial.

– Pode ser que sim ou que não – respondeu ele.

– Que sujeitinho mal-encarado esse! – resmungou Índio, com o rosto vermelho, saturado daquela espera.

Repentinamente, um tumulto se armou no pátio da delegacia. A turma que esperava pelo delegado até saiu para ver o que era. Para espanto de Elisa e Índio, um homem entrou puxando Jade e Mauri pelos braços e fechou-se numa sala.

– Esses pestinhas por aqui, de novo! É o fim da picada! – resmungou o policial, deixando Elisa e Índio mais espantados ainda.

O homem que acabara de entrar com Jade e Mauri era o delegado William. Índio e Elisa souberam disso quando ouviram a voz trovejante dele chamando seus nomes:

– Iberê Carlos Parreira e Elisa Ortiz!

– Vão indo, vão indo, que o homem não tá bom hoje – mandou o policial.

Índio e Elisa juntaram-se a Jade e Mauri na sala do delegado, que já foi gritando:

– Estes dois aqui – disse, apontando para Jade e Mauri – passaram dos limites da minha paciência, um tempo atrás. Agora também vocês? Quem pensam que são? E pensam que a delegacia é o quê, parque de diversões? Sumam daqui; caso contrário, eu vou à escola de vocês, à casa de vocês, ponho a boca no mundo e mando os quatro pra Fundação Casa.

– Tipo assim, o que é isso? – atreveu-se Mauri.

O delegado aproximou o rosto ao de Mauri:

– Já ouviu falar em Febem, garoto? Pois é a mesma coisa, só mudou de nome.

Mauri se arrepiou, pegando na mão de Jade.

– Agora saiam daqui! – vociferou o delegado, abrindo a porta.

– Mas... mas... delegado, a gente pode ajudar no caso da Casa das Rosas. A gente sabe, quer dizer, acha que sabe... A gente viu... – enrolou--se Índio, de tão nervoso.

– Estes dois mentirosos – reclamou o delegado, apontando mais uma vez para Jade e Mauri – também disseram que sabiam, que tinham visto e me fizeram perder um tempo precioso. Ah! Tem mais uma coisinha: não adianta procurarem outra delegacia, porque eu avisei a todas as das redondezas que se aparecesse alguém com o nome de Maurilsom ou Jade era pra botarem pra correr.

Elisa e Índio olharam para os dois amigos sem entender nada, mas resolveram fazer o que o delegado havia dito. Saíram de sua sala e foram embora, sem mais palavras.

SERÁ QUE VOCÊ SABE?

Por essa última fala do delegado, o que você acha que Mauri fez?

a) Espalhou que o delegado tinha mau hálito.
b) Deu um depoimento falso que resultou na prisão de um inocente.
c) Inventou um crime e fez o delegado de bobo.

Se acertou a resposta, já sabe: ponto para você.

CONTANDO A VERDADE

– Não sei o que deu na nossa cabeça – começou Mauri, logo interrompido por Jade:

– Nossa, não. Sua. Eu entrei de alegre nessa história e, se arrependimento matasse, já tava fulminada.

– Deixa ele falar, Jade! – cortou Elisa.

No ponto do ônibus, Mauri continuou contando o que iniciara:

– Faz uns dois meses, mais ou menos, eu tinha acabado de ler um livro chamado *Como convencer as pessoas*. Tava empolgado com ele. Tinha aprendido várias técnicas para fazer os outros acreditarem em qualquer coisa que eu dissesse. Contei para a Jade, mas ela achava impossível. Então fizemos uma aposta.

– Apostaram alguma estultice contra o delegado, seus loucos? – perguntou Elisa.

– O que que é isso, Elisa? – quis saber Mauri.

– Estupidez – suspirou impaciente.

– Ah! Bem, não exatamente isso – continuou Mauri. – Eu apostei que era capaz de convencer de alguma coisa a pessoa que a Jade escolhesse. Ela escolheu o delegado do 78º.

– Mas você convenceu o delegado de quê?! – perguntou Índio.

– Então, eu precisava inventar uma história. Daí inventei que tinha visto um assassinato. Dei tanto detalhe olhando no delegado... Até eu já estava convencido do crime. E ele caiu feito um patinho, né, Jade? Mandou a polícia dar uma batida no lugar que eu indiquei e tudo – completou Mauri, dando risada.

Elisa ficou furiosa:

– Não tem graça nenhuma, Mauri! Que absurdo! Por isso o delegado disse que vocês fizeram ele perder tempo.

– O pior é que sobrou também pra mim – disse Jade. – Tive que ir à delegacia pra ver se o Mauri convencia mesmo o delegado e acabei cúmplice da farsa.

– Claro! Quem se cala é conivente – disse Elisa.

– Lá vem o dicionário ambulante – resmungou Mauri.

Muito nervoso e esfregando as mãos, Índio andava de um lado para outro.

– O que te deu, Índio? – perguntou Jade.

– Ainda pergunta? A cidade em perigo e nós não podemos contar com a polícia. Tudo por causa dessa aposta cretina que vocês fizeram – respondeu ele, revoltado e com o rosto avermelhado.

– Não tem erro, tomatinho – provocou Mauri. – A gente monta um esquema...

– Não tem esquema nenhum! – berrou o outro. – Agora, quem dá as cartas somos eu e a Elisa.

– Hummm... nanico metido – resmungou Mauri.

– Calma, Índio! – pediu Elisa. – Ele tem razão, Mauri! Daqui em diante o Índio e eu tomamos a dianteira.

– E nós? Vamos ficar de fora? Assim não vale, Elisa – reclamou Jade.

– Vocês ajudam, mas quem vai resolver o que vai ser feito, daqui pra frente, somos eu e a Elisa. Falou? – encerrou Índio, mais calmo.

Sem outra alternativa, Mauri e Jade concordaram.

– Seja feita a vossa vontade, majestade – ironizou Mauri. – Por onde vamos começar?

– Vamos começar indo para casa. Tenho que pensar no que fazer. Você também pensa, tá, Elisa? Amanhã, no intervalo das aulas, a gente se fala.

Os quatro amigos se despediram.

No ônibus, rumo ao Itaim, Índio recordava tudo o que havia acontecido. O misterioso homem do banheiro, que eles apelidaram de Bochecha; o bilhete codificado, que ele conseguira decifrar; o enigma das letras, que Jade havia conseguido resolver.

As coisas tinham acontecido muito rapidamente. Assim, o ataque ao grande teatro, como dizia o bilhete, não devia tardar. Qual seria esse teatro? Quando seria o ataque? O que poderiam fazer para impedir, agora sem a polícia para ajudar?

Naquela noite, Índio quase não conseguiu dormir de tanta preocupação.

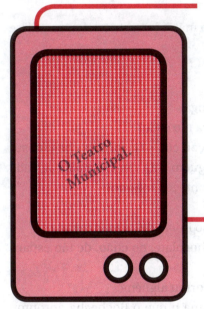

SERÁ QUE VOCÊ SABE?

Qual é o maior e mais antigo teatro da cidade de São Paulo? Uma dica: em 1922 foi o lugar onde aconteceu a famosa Semana de Arte Moderna...

Se você sabia, marcou ponto.
Se não sabia, ficou sabendo.

Depois de descobrir de que teatro se trata,
procure-o no mapa da página 124.

O SEGUNDO ATAQUE

– Escuta, filho, sua amiga, aquela que a mãe é juíza, te telefonou – disse o pai de Índio, no café da manhã.
– A Elisa?
– Isso, a Elisa.
Sem demora, Índio ligou para a amiga:
– O que foi, Elisa, que cê ligou pra cá tão cedo?
– Você não faz ideia, Índio – começou ela. – Os jornais chegam supercedo na banca do meu pai. Daí, alguém traz um exemplar de cada um deles aqui pra casa. E não é que aconteceu mesmo?
– O quê? Aconteceu o quê?
– O Teatro Municipal foi atacado, no início desta madrugada.
Índio derrubou o copo, cheio de chocolate, no chão, de tão espantado que ficou.
– O que cê tá me dizendo, Elisa!? Morreu alguém?
– Felizmente não. Você nem imagina o que o Bochecha aprontou desta vez – disse a amiga, deixando Índio cada vez mais curioso. – Ele, ou sei lá quem, cobriu as paredes de esterco. Muito cocô mesmo! Depois, sem que os seguranças vissem, entrou no salão nobre do Teatro e descarregou esterco por todo lado. Lambuzou aquela mesa enorme, que tem no centro do salão, e encheu os vasos. Até nos corrimãos da escada tinha esterco. Quando os seguranças descobriram, o salão já havia se tornado um verdadeiro curral.
Índio não podia acreditar:

– O Bochecha jogou sujo!
– Em todos os sentidos, Índio.
– Escuta, Elisa, mas ninguém viu quem foi?
Bem nesta hora, a mãe de Índio entrou na cozinha.
– Que assunto tão longo é esse, Iberê Carlos? Olha a bagunça que você aprontou no chão! Além disso, vai se atrasar para a escola!
– Elisa, Elisa, eu vou desligar. A barra sujou aqui também! Daqui a pouco a gente se fala.

O portão da escola quase se fechava quando Índio chegou, esbaforido.
– Olha o cara! – brincou Mauri. – Passou a noite em claro fazendo o esquema de ataque, foi? Sim, porque se não sou eu a fazer o esquema...
– Cadê a Elisa? – foi logo perguntando Índio, sem ligar para as baboseiras de Mauri.
– Já tá lá dentro de ti-ti-ti com a Jade.
Índio desembestou pelo pátio da escola, juntando-se às meninas. Mauri chegou em seguida, para completar o grupo. Então Elisa contou, com todos os detalhes, o que vira no jornal.
– E tinha inscrição na parede como da outra vez, Elisa? – quis saber Jade.
– Tinha. Eu copiei do jornal. E dessa vez o código mudou... Olhem só!
Mas quando Elisa pegava o papel para mostrar, o sinal para o início das aulas tocou.

A semana comemorativa do folclore continuava na escola dos quatro amigos. Elisa, Índio, Jade e Mauri estavam se empenhando muito em seu trabalho. Naquela manhã, Elisa havia levado um filme sobre danças folclóricas do Brasil. Logo após haveria debates, então seriam liberados.

No intervalo, terminado o filme e antes dos debates, os amigos se reuniram na cantina. Estavam loucos para ver o papel com a inscrição que Elisa havia trazido. A garota, no entanto, dirigiu-se tranquilamente para a fila do caixa.

– Ô Elisa – chamou Mauri –, cê não tá se esquecendo de alguma coisa não?

– Não, do quê?

– Da pichação, garota. Cadê o papel onde você anotou?

– Deixei na classe – respondeu ela, já saboreando uma coxinha.

A resposta de Elisa foi como um balde de água fria na turma.

– Elisa, francamente! – exaltou-se Jade. – Tá querendo tirar uma com a nossa cara?

– De jeito nenhum, Jade! O que estou querendo é que vocês entendam que agora é hora de aula, de concentração escolar. A pichação é para um segundo momento do nosso dia.

– Mas como vamos descobrir o novo código? – perguntou Mauri.

– Eu já descobri – respondeu Elisa, pondo fim à conversa.

Surpresos com a atitude da amiga, apesar da raiva, ninguém disse mais nada. Comeram seus lanches e voltaram para a classe inconformados.

Assim que o sinal tocou, Mauri correu até Elisa.

– Agora você não escapa. O que estava escrito no papel da pichação?

– Calma, Mauri! – pediu Elisa, tirando o papel do bolso. – Vejam vocês mesmos.

Mauri pegou o papel.

– Mas o que é isso? Não faz sentido! É diferente do outro. Desta vez tem números também! Isso é impossível de decodificar.

Elisa não escondeu o sorriso.

– Impossível pra você.

– Como assim, Elisa? Desembucha! – gritou Jade.

– Descobri esse na internet. Na verdade é bem simples. Basta substituir 0 por O, 1 por I, 3 por E, 4 por A e 5 por S. Depois é só separar as palavras! Viram?

SERÁ QUE VOCÊ SABE?

35T43453GUND4QU4L V1R4D3P015?

Você também conseguiu traduzir a pichação no Teatro Municipal? Então, já sabe: marque um ponto na sua Ficha de Detetive.

NO RASTRO DO BOCHECHA

A tradução da segunda pichação era semelhante à da primeira. E uma coisa, tanto na primeira como na segunda, deixava dúvida. Elas diziam: "Esta é a primeira" e "Esta é a segunda", ambas no feminino. Por que, se uma se referia a um quadro e a outra a um teatro, que são palavras masculinas?

> Você já havia percebido isso? Será que tem alguma ideia do motivo?

Bem, como esse fato ainda não preocupara os quatro amigos, eles continuaram discutindo sobre a tradução:

– Escuta, mas esse Bochecha é algum imbecil? – disse Mauri. – Faz tudo em código. Fora jogar cocô no Teatro, retalhar o quadro do Ramos de Azevedo...

– Não é o Bochecha o imbecil, e sim o seu mandante – discordou Índio.

– Pois eu acho que são os dois – opinou Elisa.

– Ou mais de dois – completou Jade. – Em vez de o mandante falar tudo pelo celular, vai deixando pistas codificadas. E esses rabiscos nas paredes, que não indicam nada?

– Não indicam para nós, que estamos procurando o culpado, mas talvez indiquem para eles, que devem estar se divertindo muito com tudo isso – disse Elisa.

– Então o que você acha que a gente pode fazer agora, Elisa? – perguntou Índio.

– Acho que a gente deve ir ao Teatro Municipal – antecipou-se em responder Jade.

– Fazer o quê? – quis saber Mauri.

– Usa, Mauri! De vez em quando é bom usar a massa cinzenta – ironizou Elisa. – Quando vocês viram o Bochecha na Casa das Rosas, não acabaram achando um bilhete, que o Índio decodificou?

– É isso, Mauri; quem sabe o Bochecha recebeu outro bilhete codificado e deixou largado lá no Teatro? – completou Jade.

– Uau! Uau! Vocês são demais! – gritou Índio, entusiasmado. – A gente só ficou prestando atenção nessas letras embaralhadas e acabou se esquecendo do bilhete codificado.

Mauri estourou o saco de papel, onde levara o lanche, assustando os três.

– Brincadeira mais besta, Mauri! – reclamou Elisa.

– Para não estourar os miolos desse nanico – disse, referindo-se a Índio –, estourei o saco.

O rosto de Índio foi ficando escarlate:

– Você sempre me pondo pra baixo, Mauri! Me chamando de nanico, de tomate. Não se enxerga, não?

– Você é um vira-casaca, Índio. Tínhamos combinado deixar as meninas fora dessa história. Agora, só falta você deitar no chão pra elas passarem por cima.

– Que absurdo tudo isso, Mauri! – esbravejou Elisa. – O Índio é um cara que sabe respeitar o potencial das pessoas. Se a Jade e eu podemos ajudar, por que não? Porque somos mulheres?

– É isso mesmo, Mauri – concordou Jade, abraçando Índio.

Mauri ficou sem graça.

– Bom, gente, que tal esquecermos todos esses senões e unirmos nossas forças? Vamos ao Municipal, depois do almoço? – sugeriu Elisa, acalmando os ânimos. – Todo mundo pode?

– E toca a macacada ir comer *yakisoba* na barraca da minha mãe, de novo – resmungou Mauri, com um sorriso maroto.

– Melhor pra ela, ué; a gente não come de graça! – retrucou Jade.

Assim foi; pais avisados, *yakisoba* comido, os quatro tomaram o ônibus na avenida Paulista e rumaram para o Teatro Municipal.

– Escuta, Mauri, você que entende de busão, em que lugar a gente tem que descer? – perguntou Jade.

– Passando a Igreja da Consolação, a gente desce. Depois da igreja, a gente vai a pé, que o Teatro não fica tão longe.

Dito e feito, não demoraram muito a chegar ao Teatro.

– Escuta, Índio – disse Mauri –, você já pensou na desculpa que vamos dar para entrar aí?

– Vamos dizer que estamos fazendo um trabalho para a escola, ué.

– E será que vai colar, já que o Teatro foi invadido de madrugada? – preocupou-se Elisa.

– Vai lá e passa a conversa no segurança, Elisa. Você não é a repórter da turma? – disse Mauri.

– E vou, mesmo! – decidiu ela, subindo a escadaria do Teatro Municipal, balançando as trancinhas negras, que brilhavam ao sol da tarde.

Pouco depois, voltou com novidades:

– O segurança disse que a gente pode entrar, mas só até a escadaria de mármore da entrada.

– Mas a escadaria é logo aí, perto da porta – reclamou Mauri.

– O Índio tá ruminando alguma coisa – comentou Jade, observando o amigo, que parecia estar no mundo da lua.

Não precisaram esperar muito para saber no que ele pensava:

– Já que o segurança disse que a Elisa pode entrar até a escadaria do Teatro, podemos fazer o seguinte: você, Jade, vai com ela. Tirem fotos, anotem, façam de tudo para distrair o segurança. Enquanto isso, eu e o Mauri tentamos entrar por trás e alcançar o tal salão...

– Que deve estar cheirando muito mal – interrompeu Mauri.

– ... e ver se encontramos algum bilhete, O.K.? – terminou Índio.

As meninas concordaram, subindo as escadas da frente, rumo à porta principal. Os garotos rodearam o Teatro, buscando a porta traseira.

Mais de uma hora se passou. Elisa e Jade não aguentavam mais ficar sentadas na escadaria dura do Teatro.

– Cadê aqueles dois energúmenos? – disse Elisa, irritada.

– Devem estar procurando a mensagem... no meio do esterco – respondeu Jade, matando-se de rir.

Elisa também não aguentou; caiu na risada, só de imaginar a cena.

E a cena que se passara no salão nobre do Teatro Municipal, enquanto as garotas esperavam, não tinha sido nada fácil, um verdadeiro terror para os garotos.

Ao se aproximarem do salão nobre, Mauri e Índio já sentiram o cheiro de estrume. Mauri tinha feito de tudo para voltar para fora, até que Índio estrilou:

– Você não queria deixar as meninas de fora, fazer tudo sozinho? Agora faça!

Sem outra alternativa, Mauri tinha tirado a camiseta e enrolado na boca e no nariz. E era assim que ainda estava, uma hora depois.

– *Íntio, eu dão aguento bais esse cheiro. Tá pe atacando a aspa.*

– E desde quando você sofre de asma, Mauri? Dá mais um tempo, cara!

– *Pas a chente chá revirou tuto; dão tem pilhete denhum.*

– Ainda faltam os vasos – lembrou Índio.

Mauri olhou para os enormes vasos que circundavam o salão e entrou em pânico.

– *Eu dão fou pôr as pãos nesse estrupe, dem porto!*

Aquilo fora a gota d'água para Índio. Com o rosto pegando fogo, ele arrancou a camiseta da boca de Mauri:

– Para de reclamar e vê se ajuda!

Sem saída, Mauri teve que remexer nos vasos.

Reviraram todos eles, mas nada encontraram.

– Desta vez não tem mensagem, Índio, ou o Bochecha engoliu o papel.

Índio também pensava assim. O mandante devia ter usado outro meio de passar as ordens.

– Você venceu, Mauri, vamos embora!

O amigo, mais do que depressa, foi se dirigindo para a porta, seguido por Índio, que, de repente, estacou:

– Peraí, Mauri!

– O que foi agora?

– A gente não olhou os dois vasos de água em cima da mesa, nem a toalha – lembrou Índio.

– Putz, cara! Eu não vou voltar lá pra fazer isso – reclamou Mauri.

– Então fica aí, que eu vou – disse Índio, retornando ao meio do salão.

Uma imensa toalha bordada cobria a majestosa mesa, no centro do salão nobre do Teatro Municipal. Índio ficou observando. Que trabalho deveria ter dado bordar tudo aquilo! E, de uma hora para outra, um terrorista entra, esparramando cocô sobre ela.

Assim pensativo, Índio foi apalpando pedaço por pedaço da toalha.

De repente, uma ponta de papel sobressaiu, preso a um desenho feito pelo crochê. Rapidamente, o garoto pegou o papel e constatou:

– Achei, Mauri! Achei a pista codificada! – berrou ele, eufórico, correndo para a porta de saída.

– Psiu! Para de gritar, Índio! Quer que alguém nos encontre aqui? – alertou o outro.

Elisa e Jade ainda aguardavam pelos amigos sentadas na escadaria do Teatro, quando eles apareceram.

– E aí, acharam alguma coisa? – perguntou Jade, tapando o nariz.

– Parece que vocês saíram de uma latrina – comentou Elisa.

– Mas a gente saiu de uma, mesmo. O cheiro de estrume que aturamos não dá nem pra contar – disse Mauri, fazendo cara de nojo.

– Precisam ver que dó! Um salão maravilhoso como aquele, com pinturas no teto, uma mais linda que a outra! Uma mesa em que devem caber umas cem pessoas sentadas, coberta com uma toalha toda bordada... tudo cheio de estrume – comentou Índio.

– Num lugar assim, não parece que a gente vai ver surgirem, de uma hora pra outra, aquelas senhoras do começo do século passado, de vestido longo e chapéu? – disse Elisa, divagando.

– Olha só essas duas antas, Jade! Em vez de prestar atenção no que interessa, se babam com o Teatro – reclamou Mauri, com enfado.

– Você é que não tem sensibilidade, Maurilsom – retrucou Jade. – O Municipal é mesmo maravilhoso.

Mauri, irritado por ter sido chamado pelo nome verdadeiro, decidiu mudar de assunto:

– Vocês não querem saber da mensagem, não, é?

– Claro, a mensagem codificada! Vocês acharam?

– Tá aqui, ó! – disse Índio, estendendo o papel, todo amassado e cheirando a cocô.

– Que eca! – fez Jade, pegando o papel.

– Você trouxe o decodificador, Índio? – perguntou Elisa.

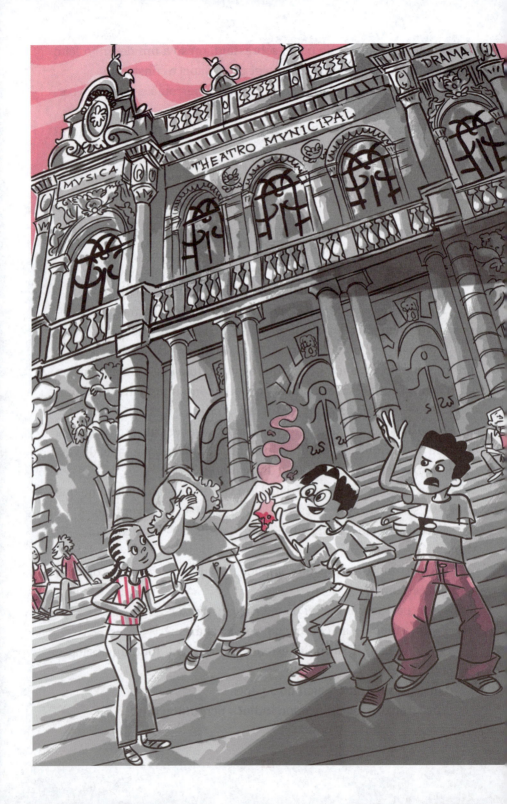

– Não, mas se a gente se apressar, passamos na minha casa e deciframos a pista. Depois, na rua Tabapuã, tem ônibus pra vocês voltarem.

– Não precisa. Eu ligo pra minha mãe e peço pra ela pegar a gente quando sair do Fórum – ofereceu Elisa.

– Então vamos! – disse Índio, acelerando o passo.

– Peraí, Índio, você sabe onde é que tem ônibus para a sua casa? – perguntou Jade.

– Não, mas aqui na Praça Ramos é que não é.

Aquele nome despertou a curiosidade de Jade.

– Como é que se chama esta praça?

– Praça Ramos de Azevedo. Agora vamos que eu estou louca para ler a pista – disse Elisa, seguindo Índio, à procura do ônibus.

No final daquele dia, quando a juíza, dra. Gláucia Ortiz, passou para pegar a filha na casa de Índio e dar carona a Mauri e Jade, eles já haviam lido a mensagem, que, como a anterior, era bem evasiva. Mas o Bochecha devia saber muito bem do que se tratava.

A pista encontrada era esta:

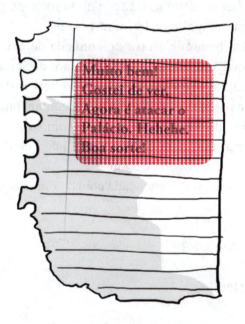

DIVIDINDO O TRABALHO

Já em casa, sozinha em seu quarto, Elisa deu vazão às perguntas que emaranhavam sua cabeça.

Pressupunha-se que "Muito bem! Gostei de ver", elogios dados pelo mandante, no bilhete, se referiam à caca feita no Teatro Municipal. Mas ele havia sido atacado de madrugada. Em que momento o mandante do crime teria confirmado o serviço feito no Teatro e deixado essa mensagem?

Aquilo tudo parecia estar sendo tramado por gente louca, e louco faz coisas sem nexo ou coerência. Estariam praticando tudo aquilo só para se divertir, para espalhar o terror na cidade?

A mãe de Elisa bem que estava desconfiada de que alguma coisa acontecia com aquela turma, além dos trabalhos da Semana do Folclore. Por respeito à filha, no entanto, aceitou a explicação dela para tantas reuniões. Se Elisa precisasse, sabia que podia contar com ela.

Naquela noite, Elisa sentou para jantar com os pais e os irmãos, como sempre fazia, mas nem tinha apetite. Logo pediu licença e foi para o quarto. Pouco depois, Jade ligou:

– Elisa, sabe que eu fiquei encucada com o nome daquela praça?
– Que praça?
– Aquela do Teatro Municipal.
– A Ramos de Azevedo?
– É.
– O que é que tem?

– Ramos de Azevedo não era o cara do quadro que foi retalhado na Casa das Rosas? – perguntou Jade, fazendo Elisa sentar na cama.
– Jade, você pensou o que eu estou pensando? – disse ela, empolgada.
– É uma hipótese, né, Elisa, mas já que não temos pista nenhuma...
– Desliga, desliga, Jade, que eu vou ligar pro Índio! – pediu Elisa.
E foi um troca-troca de ligações até tarde daquela noite.

Na manhã seguinte, na escola, houve palestras muito interessantes sobre Luís da Câmara Cascudo, Mário de Andrade, Monteiro Lobato, Sílvio Romero e outros folcloristas brasileiros. Índio e Elisa, empolgados, acabaram contando histórias de seus ascendentes; ele, dos índios Pataxó; ela, dos negros africanos.
Mas quando as palestras acabaram...
– Escuta, gente, vamos logo montar o esquema. Tipo assim, acho que...
– Esqueceu que você e eu não temos o direito de achar nada, Mauri? – lembrou Jade, deixando Índio sem graça.
Jade, que todo mundo chamava de gordinha e dizia que só pensava em comer, tinha sido mais esperta daquela vez. Passado a perna na perspicácia de Elisa, na inteligência de Índio e na organização de Mauri.

Nenhum deles havia atinado com o nome da praça do Teatro Municipal. Jade sim; relacionara o nome ao local e ao quadro. Tinha encontrado um fio para a meada.

– Olha, Jade – disse Índio –, o que você e o Mauri aprontaram com o delegado não deu pra engolir, viu? Mas agora a gente precisa se organizar, montar um esquema de trabalho.

Ao ouvir aquilo, Mauri exultou:

– Grande Índio! Tipo assim, deixa eu fazer o esquema, então? Cê sabe que eu, em matéria de esquema, ganho estourando de vocês, né?

Os três amigos não puderam deixar de rir da falta de modéstia de Mauri.

– Tá bom, Mauri – disse Elisa, batendo no ombro do amigo –, faz, faz logo esse esquema.

– Legal! Então vamos pra cantina, turma – pediu ele, empolgadíssimo.

Discretamente sentados nos fundos da cantina da escola, Mauri segredou com os amigos:

– Nós achamos que talvez esses ataques do Bochecha e da turma dele tenham alguma coisa a ver com o Ramos de Azevedo, certo?

– Certo – concordaram os três.

– E alguém aqui, por acaso, sabe alguma coisa da vida do cara?

Índio foi o primeiro a responder:

– Eu já li sobre o ciclo do café, no estado de São Paulo.

– E pode-se saber o que o ciclo do café tem a ver com o Ramos de Azevedo? – perguntou Mauri.

– Desculpe, Mauri, mas eu devo anuir com o Índio – disse Elisa.

– Por favor, Dicionário, vê se, tipo assim, diz coisas que todo mundo entende, tá?

– Você vive me chamando de nanico, de tomate, mas é bem burraldinho, viu, Mauri; anuir é a mesma coisa que concordar.

– Então custa falar concordar? – reclamou o outro, sem dar o braço a torcer.

– Vira a página, Elisa, e fala o que você ia falar – pediu Jade.

– Então, o ciclo do café tem a ver com o Ramos de Azevedo no sentido de que, naquela época, surgiram os casarões na avenida Paulista, que foram construídos, em sua maioria, pelo Ramos de Azevedo – explicou Elisa.

– Eu, pra falar a verdade, não me lembrava de nada disso. Só quando cismei com o nome da praça do Municipal é que dei uma espiada na internet sobre Ramos de Azevedo. Daí, descobri que a Casa das Rosas foi construída pelo escritório dele e o Teatro Municipal também – explicou Jade.

– E você, Mauri, sabe alguma coisa sobre o Ramos de Azevedo? – perguntou Elisa.

– Olha, nem adianta inventar, porque eu não sei mesmo – confessou ele.

– Só lê abobrinha, né, Mauri? – disse Índio, irritando o outro.

– Até este exato momento, meu caro nanico, o Ramos de Azevedo não tinha me feito falta nenhuma.

Jade não aguentou o jeito de Mauri e caiu na risada:

– Ai, Mauri, Mauri, você não tem jeito. Só comendo um chocolate, mesmo – disse ela, abrindo uma barrinha.

– E o tal palácio de que o último bilhete fala, hein, gente? Será também do Ramos de Azevedo? – perguntou Elisa.

Mas o pensamento de Mauri já viajava, montando o esquema e interrompendo a resposta para a pergunta:

– Olha, gente, acho que temos que fazer uma pesquisa dividida em quatro partes.

– Ótimo! E quais são essas partes? – perguntou Jade.

Mauri ficou sem resposta.

– Se você nunca tinha ouvido falar no Ramos de Azevedo, Mauri, como pode montar um esquema de pesquisas relacionadas a ele? – alfinetou Jade.

– Bom... tipo assim...

– Tipo assim, deixa que eu faço o esquema da divisão das pesquisas. Pode ser? – pediu Índio, arremedando o amigo.

Mauri não teve alternativa senão concordar:

– Tá valendo, Índio.

– Você pode estudar sobre o ciclo do café, os barões do café e essas coisas, que até já sabe um pouco, Elisa?

– O.K. – concordou a garota, anotando os tópicos de sua parte.

– Você, Mauri, pode pesquisar um pouco da vida do Ramos de Azevedo e fazer a relação das obras que o escritório dele construiu em São Paulo.

– Ei, essa parte podia ser minha, né, Índio? – reclamou Jade. – Eu que comecei a relacionar as ditas-cujas.

– Peraí, Jade, eu dei essa parte pro Mauri porque pensei que, como você desenha hiperbem, podia fazer um mapa da Paulista na época do Ramos de Azevedo.

Jade franziu a testa:

– Tudo bem; mas, naquela época, não havia bem um mapa da avenida; era mais um esboço.

– Então faz o esboço – concordou Índio.

– E você, cacique dos Pataxó, vai pesquisar o quê? – brincou Mauri.

– Eu prefiro ir atrás da história de São Paulo e da avenida Paulista, desde que a cidade foi fundada – explicou Índio.

– E pra que saber dessa história toda?

– Sei lá, ué! Da avenida Paulista porque era o lugar das casas dos barões do café e onde começou este terror todo, na Casa das Rosas. De São Paulo porque é a cidade onde estão acontecendo os ataques do assassino serial.

– Não falei que esse cara anda lendo muito livro de suspense? Que assassino serial, meu? Por acaso morreu alguém? – perguntou Mauri.

Mas Elisa entrou na conversa:

– Assassino não tem, mas destruidor serial tem. Tudo o que é serial precisa ter um fio que liga uma coisa à outra.

– Escuta, acho bom a gente ir cada um pra sua casa; primeiro, pra não levantar suspeitas dos nossos pais; segundo, pra começar logo as pesquisas – sugeriu Jade.

Os quatro amigos despediram-se, entusiasmados. Sentiam-se importantes diante da perspectiva de defender sua cidade. Precisavam ser rápidos; afinal, um palácio seria o alvo do próximo ataque e eles não sabiam qual era. Precisavam pôr mãos à obra imediatamente.

SERÁ QUE VOCÊ SABE?

No começo do capítulo 9, questionou-se por que os bilhetes do mandante falavam no feminino ("Esta é a primeira" e "Esta é a segunda"), se os ataques foram a um quadro e a um teatro, que são palavras masculinas. Você sabe que palavra está subentendida depois de *primeira* e *segunda*? E a que se refere essa palavra?
Uma dica: a última frase deste capítulo traz a resposta para a primeira pergunta.

A palavra é obra, e se refere a obras ligadas a Ramos de Azevedo.

Esta foi difícil. Torcemos para que você tenha acertado a resposta para poder marcar mais um precioso ponto na sua Ficha de Detetive.

UM MERGULHO NO PASSADO

Aquela Semana do Folclore estava sendo providencial na vida dos quatro amigos. Não fosse ela, os horários maleáveis para se dedicar àquela investigação não existiriam. A manhã do dia seguinte passou num piscar de olhos. Logo, os quatro amigos se envolveram nas pesquisas. Trabalharam muito, até o fim do dia.

Livros, *sites* de busca da internet, apostilas de cursinho, de tudo um pouco a turma utilizou. E estavam tão empenhados que nem viram o dia passar.

Na manhã seguinte, quando Jade, Índio e Elisa apareceram no colégio, Mauri, como sempre, já os esperava.

– Nem vem que não tem, hein, Mauri. Ninguém tá atrasado – resmungou Índio, já entrando.

– Olha o cara... Eu nem ia falar nada – disse o outro, olhando o relógio. – Mas que vocês estão atrasados, estão.

Elisa e Jade também entravam no colégio, seguindo Índio, e não deram ouvidos ao comentário de Mauri.

Reunidos em um canto tranquilo do pátio da escola, os quatro trocaram informações:

– E aí, reuniram material de pesquisa? – perguntou Elisa. – Eu já fiz a minha inteirinha. Minha mãe me ajudou.

– Você contou pra ela? – reclamou Mauri.

– Quer saber? Contei! Minha mãe é juíza, está acostumada a lidar com todo tipo de gente. Me viu acordada até tarde, perguntou o que eu estava fazendo e eu contei. Achei que ela podia ajudar.

– Ela deve ter ficado passada, né, Elisa? – perguntou Jade.

– Ficou perplexa e disse que se a gente não voltar a contatar a polícia, ela vai tomar essa iniciativa.

– Lá vem o Aurélio de saia – disse Mauri. – Eu quis dizer o dicionário, cês sabem, né?

– Em vez de falar abobrinha, Maurilsom, vai desembolsando a sua parte da pesquisa – reclamou Jade.

Mas antes que o amigo resmungasse sobre o modo de ela chamá-lo, o sinal para o início das aulas tocou.

– Esse sinal toca sempre na hora errada – irritou-se Índio. – Vocês enrolaram tanto que não deu pra adiantar nada sobre as pesquisas de cada um.

– Que tal a gente ir para a casa do Mauri depois da aula? – sugeriu Elisa.

– Mas escuta... tipo assim, eu convidei?

– A gente pode ir, Mauril... quer dizer, Mauri? – perguntou Jade.

– Claro, princesa! – respondeu ele, espantando a amiga.

– Princesa?! Mas você vive me chamando de gordinha.

– Mas nem todas as princesas são magras, Jade. Haja vista a Fiona, do Shrek – disse Mauri, achando que estava fazendo um elogio.

– Cretino! – xingou ela, dando com o fichário nas costas dele. – A Fiona gorda é uma ogra.

Elisa e Índio caíram na risada com a cara de sem graça que Mauri ficou.

– Eeeeu não quis dizer isso, Jade – desculpou-se ele.

– E eu tô pouco me lixando com isso, Mauri. Canso de dizer que me gosto como sou e vou, podem crer, ser uma estilista famosa e lançar as gordinhas no mundo da moda.

Antes do meio-dia, os quatro estavam a caminho da barraca de *yakisoba* da mãe de Mauri.

– Sua mãe é que tá se dando bem com esse rolo em que a gente se meteu – disse Índio. – Entra dia, sai dia, estamos aqui comendo *yakisoba*.

– Vocês também tão se dando bem, porque minha mãe nem é japonesa, nem chinesa, nem nada, mas dá de dez no *yakisoba*.

– Isso é, Mauri; só de pensar me dá água na boca – disse Jade.

– Em mim também. Mas vê se come um prato só, viu, Jade? O mais importante, hoje, é a gente entrelaçar nossas pesquisas e tentar encontrar uma explicação para o comportamento excêntrico desses invasores seriais.

– Escuta só a menina falando! Parece ou não parece um dicionário?

Quando os quatro amigos chegaram à casa de Mauri, seu Chico zelador saía.

– Olha só os amigos! – disse ele. – Gosto de ver o meu Maurilsom assim, sempre nos estudos. Gina... Jane...

– Jade, seu Chico.

– Isso, Jade! Estou com a boca doendo e o dente inchado...

– Tá bom, pai. A gente precisa entrar – disse Mauri, querendo cortar o assunto.

– Eu falo com o meu pai, seu Chico, depois ligo pro senhor.

– Muito obrigado. Seu pai é um ótimo dentista. Sua mãe também. Que beleza! Vou indo. Até logo, meninos.

E lá se foi seu Chico, apressado, cumprimentando cada condômino que passava.

Entrando em casa, logo Mauri desocupou a mesa da cozinha e abriu sua pesquisa. Elisa e Índio fizeram o mesmo.

– Bom – começou Índio –, eu proponho que cada um de nós leia a pesquisa do outro. Então poderemos entrelaçar, como disse a Elisa, todas elas.

– Isso mesmo – concordou Elisa. – Quem sabe encontramos alguma explicação que nos ajude.

– A gente combinou que a dona Jade tinha que fazer o mapa da Paulista, mas não estou vendo nenhum mapa – observou Mauri, voltando a azucrinar a amiga.

– O desenho tá aqui, ó; para esfregar na sua cara – disse ela, tirando da mochila um tubo de papelão que embalava o mapa e abrindo-o sobre a mesa. – Eu fiz o mapa da Paulista como ela era na época do Ramos de Azevedo.

– Legal – elogiou Índio. – Então vamos começar a ler as pesquisas trocadas. Quem ficar com o mapa vai dando uma espiada para ver se descobre algo interessante.

> Dê você também uma olhada no mapa da Jade na página 134. Observe cada detalhe. Quem sabe, mais adiante, ele possa ser útil.

Durante quase uma hora, os quatro se dedicaram às leituras, ora fazendo alguma observação, ora matutando, refletindo.

– Acho que já deu pra gente ter uma ideia do que cada um de nós pesquisou – disse Elisa. – Podemos começar a debater o assunto.

Como os outros três concordassem, Mauri pegou uma jarra de suco de abacaxi, geladinho, e serviu aos amigos.

– Ler, tipo assim, me dá calor.

– Talvez o fato de não termos aberto nenhuma janela e o de o termômetro da Paulista estar marcando vinte e oito graus sejam a verdadeira causa do seu calor, Maurilsom – disse Jade, como sempre, arreliando.

Mas até Mauri estava inquieto para falar e ouvir o que os amigos tinham a dizer; portanto, limitou-se a se levantar e abrir a janela da área de serviço.

– Quem quer começar? – perguntou Índio.

– Eu começo – ofereceu-se Elisa. – Vou falar da pesquisa do Índio, que é sobre a fundação de Sampa... Bem, os portugueses se encantaram com a localização desta terra, porque era cercada por dois rios, o Tamanduateí e o Anhangabaú. Parece mentira, mas a nossa cidade, que hoje é a terceira maior do mundo, custou para se desenvolver porque era longe do mar, o que a isolava.

– Pois é – interrompeu Jade –, mas indo direto ao que interessa, ou seja, o Ramos de Azevedo, a pesquisa do Índio conta que no começo do século XIX São Paulo já era a capital da província. Foi quando o Ramos de Azevedo construiu a Escola Normal, onde havia um curso para formar professores de crianças, que depois virou o colégio Caetano de Campos.

– Onde agora é a Secretaria de Educação – completou Mauri.

– É – concordou Jade. – Depois veio o Teatro Municipal...

– Credo, me dá até enjoo só de lembrar daquele cheiro de estrume! – disse Mauri, levando a mão à boca.

– Continuando... – retomou Elisa. – Sobre a avenida Paulista, achei legal saber que foi construída em cima do Morro do Caaguaçu, onde nascia um rio chamado Saracura.

– Eu coloquei esse morro e esse rio no esboço da Paulista – disse Jade.

> **Você havia reparado nesses locais, quando olhou o desenho?**

Voltando à história, Elisa explicou:

– Lá, na avenida Paulista, foram surgindo as casas dos barões do café, construídas, quase todas, pelo escritório do Ramos de Azevedo. Nesse ponto, acho que a pesquisa do Índio se junta com a minha.

– É isso, Elisa. Então podemos agora falar sobre a sua. Quem começa? – perguntou Índio.

– Vai você mesmo! – propôs Jade.

Índio voltou a falar:

– Bem, sobre o ciclo do café no estado de São Paulo, a Elisa colocou que ele começou pelo Vale do Paraíba, substituindo outros tipos de plantação como o milho, o feijão, o algodão e principalmente a cana-de-açúcar.

– Foi daí que São Paulo saiu da lesmeira e se tornou a principal cidade do Brasil Império – acrescentou Mauri.

– Nesse ponto, a pesquisa da Elisa volta para a do Índio quando diz que, por causa da riqueza do café no Vale do Paraíba, começaram a construir casas-grandes nas fazendas e palacetes nas cidades – comentou Jade.

– Casas e palacetes dos barões do café, que remetem a Ramos de Azevedo – completou Elisa.

– Daí aconteceu o quê? O quê? Dou-lhe uma, dou-lhe duas...

– Mauri, quer parar de desviar a nossa concentração? – pediu Elisa.

– Credo! Eu só ia dizer que, quanto mais o café prosperava, mais mão de obra escrava era necessária. Daí veio a grande bomba: tchantchantchantchan... Abolição da escravatura.

– Bomba não, viu, Mauri! Os negros já estavam cansados de serem tratados de modo desumano e cruel. Mereciam ter a mesma chance dos brancos, fazer planos, ganhar pelo seu trabalho – reagiu Elisa.

– Eu não quis ofender, Elisa – desculpou-se Mauri. – Também acho que o que importa é a pessoa e não sua cor.

– Aleluia! Até que enfim você disse alguma coisa legal, Mauri! – comemorou Jade, abraçando o amigo.

– Então, voltando ao assunto, aconteceu que o Vale do Paraíba, sem a mão de obra escrava, começou a decair, e o Oeste paulista, com cidades como Ribeirão Preto, Campinas, Rio Claro, Araraquara e outras, começou a enriquecer com o café – explicou Índio. – Daí entramos na parte da imigração.

– Cês sabem que, quando eu pensava em imigração, só lembrava dos italianos? – disse Mauri.

– É porque a maioria deles escolheu São Paulo para viver – comentou Jade. – Haja vista eu.

– E desde quando você é imigrante, Jade? – interrompeu Elisa.

– Eu mesma não sou, mas meus avós eram italianos. Os Nacarelli de Mântova.

– Mas também teve suíço, alemão, polonês, francês, japonês e mais uma enxurrada de imigrantes – completou Mauri.

– Uns foram trabalhar nas lavouras e outros acabaram enriquecendo de outras maneiras, como a família Matarazzo, aqui em São Paulo – lembrou Elisa.

– Enriquecendo e construindo casarões, na Paulista, o que remete novamente ao Ramos de Azevedo – concluiu Índio.

– Exato. O Ramos de Azevedo esteve sempre envolvido com os imigrantes. Por um lado, com os que haviam enriquecido e se tornado clientes de seu escritório. Por outro, com a mão de obra imigrante, que seu escritório usava para as construções – completou Elisa.

Era a hora de comentarem sobre a pesquisa de Mauri, que falava justamente sobre o famoso arquiteto.

– Posso começar a falar da pesquisa do Mauri? – pediu Jade.

– Manda bala, fofa! – disse o dono da pesquisa, sob o olhar enfadonho da amiga.

– Bom, pra não enrolar muito, sobre a vida do Ramos de Azevedo vimos que ele estudou no exterior e quando voltou ao Brasil pegou bem o início do ciclo do café...

– E saiu por aí construindo palacetes e enchendo o bolso de dinheiro – intrometeu-se Mauri.

– Continuando... – irritou-se Índio, dando uma palmada na mesa.

– Não acha melhor a gente ir direto para as obras, Jade? – sugeriu Elisa.

– Não, não, peraí! – interveio Mauri. – Antes de a gente falar das obras, deixa eu contar uma história que aconteceu com o Ramos de Azevedo e aborreceu ele pra caramba.

– E que história é essa, Mauri? – perguntou Jade.

– É de um tal de Gastaldi, que aplicou o golpe da água contaminada – explicou ele.

– Ah! Só podia ser palhaçada do Mauri! E nós aqui prestando atenção – reclamou Elisa. – Vamos falar sobre as obras do Ramos de Azevedo, que dá mais certo.

– Escuta, gente, é verdade essa história que eu ia contar, podem crer – insistiu Mauri, sem convencer ninguém.

– Que obras, hein, gente! – comentou Índio, observando a lista e cortando, definitivamente, a tal história de Mauri.

– O Ramos de Azevedo deve estar se revirando na tumba, sem saber por que o Bochecha e a turma dele estão detonando suas obras e espalhando o terror na cidade.

Um silêncio se seguiu ao comentário de Jade.

– Realmente, as nossas pesquisas se entrelaçaram, ficamos conhecendo coisas importantes da nossa cidade, mas falta alguma coisa – disse Índio, pensativo.

– Falta exatamente o porquê, Índio – comentou Elisa. – Ainda não descobrimos o motivo para essas depredações.

Enquanto a turma buscava respostas para aqueles ataques misteriosos, o Bochecha surgia novamente. Desta feita, para detonar o tal palácio, como haviam lido no bilhete decodificado pela engenhosa lupa de Índio.

SERÁ QUE VOCÊ SABE?

Observando a relação das obras de Ramos de Azevedo, na pesquisa do Mauri, na página 133, você sabe dizer que palácio é esse que os bandidos vão atacar?

Uma dica: ele já foi sede da **Prefeitura de São Paulo**, tendo sido construído para expor produtos agrícolas e industriais.

A dica ajudou muito a sua resposta, não é mesmo? Mas vale marcar um ponto na sua Ficha de Detetive se você acertou.

QUE COISA DE LOUCO!

Naquela noite, o pai de Elisa comemorava seu aniversário com a família, quando o celular da filha tocou. Era Jade, e parecia nervosa:
– Escuta, Elisa, esse Bochecha está agindo muito mais depressa que a gente, viu? Precisamos acelerar o negócio.
Elisa pediu um tempo para engolir o pedaço de pizza que comia.
– Desculpe, amiga, mas estou num restaurante. É que meu pai está fazendo aniversário e...
– Desculpa peço eu, mas não dá para esperar o seu jantar acabar. Deu no jornal da noite que o Palácio das Indústrias, como dizia o bilhete que encontramos, foi invadido.
Elisa estacou. Olhos arregalados, preocupou o pai:
– O que foi, Elisa? – ele perguntou. – Com quem você está falando?
– Com a Jade, minha amiga da escola. Me dão uma licencinha, que vou ao banheiro.
Mais do que depressa, Elisa correu para um lugar mais tranquilo, para ouvir o que Jade tinha a dizer:
– Vai, Jade, pode falar agora. Você disse que o Palácio das Indústrias foi invadido. Mas assim, de dia? Nas outras duas vezes foi durante a noite, né?
– É. Mas já viu que desses doidos a gente pode esperar qualquer coisa.
– E o que o Bochecha aprontou desta vez? – quis saber Elisa.
– Só pode ser coisa de louco ou de filme de terror! Imagine você que fizeram desenhos obscenos, com tintas de várias cores, nas paredes

internas do Palácio. Na parte de fora, onde há dois nichos com estátuas, arrancaram a cabeça das duas. Também arrancaram todo o mecanismo do relógio da fachada e, por fim, arrebentaram, parece que com um trator, dois dos quatro pilares de sustentação dos arcos da entrada.

– Gente, mas o que que é isso?! – espantou-se Elisa. – E o trator, largaram lá?

– Não. Mas acham que foi trator por causa das marcas dos pneus no chão. São todos loucos, Elisa, mas sabe que louco tanto pode pintar paredes quanto sair por aí dando tiro, né?

Elisa franziu a testa.

– E tem inscrição? A TV também mostrou?

– Mostrou. Está do lado de fora, numa parede do Palácio.

– E o código mudou? – perguntou Elisa.

– Sim. Desta vez estava escrito SEAT É A RETIECAR. LAUQ IVÁR EDSIOP?

– Nossa, Jade! O enigma está em grego! – desesperou-se Elisa.

– Que nada, Elisa! Já entendi o código.

> **E você? Será que consegue entender o novo código do Bochecha? Releia a frase. Dica: as letras estão invertidas de acordo com um padrão.**

– Você é genial Jade! – comemorou Elisa. – Qual o segredo?

– As letras de cada sílaba estão de trás pra frente. Mas a mensagem diz o mesmo que as outras. Agora escreveram "Esta é a terceira. Qual virá depois?".

– Meu Deus, ainda vai ter mais! Você tem razão, precisamos ser mais rápidos, Jade. Olha, vou desligar. Amanhã, na escola, a gente se fala, O.K.?

Índio, que também havia assistido ao jornal da noite, estava histérico, pois não conseguia falar com Elisa. O celular estava sempre ocupado. Mas foi a amiga quem tomou a iniciativa de ligar para ele.

– Puxa, até que enfim, Elisa! Onde você se enfiou? – disse o garoto, possesso. – É que...

– Eu já sei de tudo, Índio; a Jade me avisou. Amanhã, na escola, conversamos sobre isso. Liga pro Mauri e conta as novidades do caso. Depois das aulas, damos um pulo no Palácio das Indústrias, para ver se o beócio do Bochecha e sua turma largaram a outra pista por lá, combinado?
– Falou! – disse Índio.
– Até! – despediu-se Elisa.

Sete e meia da manhã. A agitação dos professores e alunos já começara no colégio dos quatro amigos. Mauri aguardava de pé, no portão, quando os três amigos chegaram.
– Olha, olha, olha a hora – disse ele, apontando o relógio de pulso –, sete e trinta e cinco. O horário não é sete e meia?
– Ai, Mauri, não começa com suas abobrinhas – reclamou Jade.
– Vamos entrar – disse Índio.
– Qual foi a desculpa que vocês deram a suas mães para irmos depois das aulas ao Palácio das Indústrias, hein, meninas? – perguntou Mauri.
– Eu disse que ia ficar na biblioteca pesquisando – explicou Elisa.
– E eu nem toquei no assunto. Peguei carona com o meu pai, pois minha mãe, hoje, não tinha cliente de manhã, e ele nunca me pergunta nada – explicou Jade.
– Então tá todo mundo liberado pra ir até o Palácio das Indústrias, à tarde? – perguntou Índio.
– Sim – confirmou Elisa. – Santa Semana do Folclore! Sem ela, a gente não ia dar conta de fazer tudo isso que estamos fazendo.
– É mesmo, Elisa, veio bem a calhar – confirmou Jade.
– Então, estamos acertados – encerrou o assunto Índio.
– Quem, em sã consciência, se arriscaria a entrar em um lugar público, borrar as paredes com desenhos e frases obscenos e arrebentar a fachada? – relembrou Elisa, ainda incrédula.
– Louco babando – disse Mauri. – Cara sem noção, que nem o tal do Gastaldi com a água contaminada.

Aquela história acabou por despertar a curiosidade de Índio.

– Mas que raios de água contaminada é essa, Mauri?

– Bem que eu quis contar o caso ontem, mas ninguém me deu ouvidos – reclamou ele. – O Gastaldi era o cara que vendia terras para o escritório do Ramos de Azevedo construir os casarões na Paulista.

– E a água contaminada, onde é que entra? – perguntou Jade.

Mas, como sempre acontecia, o sinal de início das aulas acabara de tocar e a história do Mauri teve, outra vez, que ser interrompida. Os quatro amigos entraram na classe. Naquele dia, assistiriam a uma contação de histórias de cordel, depois debateriam sobre as diferenças entre o folclore sulino e o nortista.

Acabadas as aulas, ninguém mais se lembrou da história do Gastaldi. A atenção da turma estava totalmente voltada para a ida ao Palácio das Indústrias.

– Que busão a gente pega, Mauri? – perguntou Índio.

– Deixa ver... Já sei! Vamos até a Brigadeiro Luís Antônio e pegamos o Parque Dom Pedro II. Descemos no terminal e dali até o Palácio das Indústrias é um pulo.

Veja na página 124 onde fica o Palácio das Indústrias.

Já dentro do ônibus, a turma percebeu que uma chuva fininha principiava a cair.

– Bem que dizem que São Paulo é a terra da garoa! – disse Mauri.

– Antes fosse garoa – comentou Elisa, ao ver a chuva fraca se transformar em pesada. – Chove a cântaros!

– Putz! Alguém trouxe guarda-chuva? – perguntou Jade.

Ninguém havia levado.

– Fiquem frios que, se a coisa ficar preta, tem sempre um cara vendendo capa de chuva na porta do Mercado Municipal – explicou Mauri.

– Mas a gente não tem que passar pelo Mercadão para ir ao Palácio das Indústrias, Mauri – lembrou Elisa.

– Não tem, mas, tipo assim, se precisar a gente passa, ué.

– Ainda tem chão pra chegar no terminal Dom Pedro II... Quem sabe a chuva para? – disse Índio.

Mas ela não parou; pelo contrário, aumentou. Uma verdadeira borrasca caía quando os quatro amigos desceram do ônibus.

– Gente, como vamos fazer? – perguntou Jade. – Meu cabelo encrespa quando tomo chuva.

– Escuta aqui, garota, tá mais preocupada com o cabelo que com o caso que a gente precisa resolver? – esbravejou Índio.

– Tá dizendo isso porque não sabe a grana que eu deixei no cabeleireiro. Fiz hidratação só faz uma semana – replicou Jade.

– Jogar soro caseiro no cabelo é caro, é? – perguntou Mauri.

– Pode-se saber a que você está se referindo, Mauri? – perguntou Elisa.

– Ué, quando eu e a Perci ficamos, tipo assim, com diarreia e vômito, minha mãe dá soro caseiro para hidratar. Logo, se a Jade hidratou o cabelo...

– ... Fortuitamente, é melhor ficar de boca calada do que dizer sandices – disse Elisa, interrompendo Mauri e saindo do terminal de ônibus para o meio da rua.

Sem outra alternativa, Jade esqueceu o cabelo e seguiu a amiga, sendo imitada pelos dois garotos. Correndo o mais que podiam, atravessaram a avenida Mercúrio. Então entraram pela alameda que separa o Palácio de seu antigo e majestoso jardim.

Elisa estacou por um instante.

– O que foi, Elisa? – perguntou Índio.

– Esse palácio... esse jardim... parece que estamos na Europa.

– Eu nunca fui à Europa, mas vi fotos. Parece mesmo, Elisa. Mas acho que ficar aqui parados, debaixo d'água, não dá. Vamos!

Elisa acompanhou o amigo e os dois juntaram-se a Mauri e Jade, que já estavam sob a marquise do Palácio.

– Que dó, gente! Sabe que eu nunca tinha vindo aqui? – comentou Jade. – Olha só esses pilares todo arrebentados.

– Cês já viram a pichação? – perguntou Índio.

– Tem pichação pra todo lado, cara – disse Mauri. – Da turma do Bochecha e de vândalos que não sabem respeitar as obras públicas. Dá só uma olhada!

Então Índio e Elisa entraram no Palácio.

– Tá bem como o jornal disse – comentou Índio.

– Que pena! – disse Elisa, aborrecida. – Li sobre este Palácio na internet. Já foi sede da Prefeitura de São Paulo. É obra do escritório de Ramos de Azevedo, que usou vários estilos: árabe, renascentista, barroco, neoclássico...

– Fecha o dicionário, Elisa! – berrou Mauri. – Vamos logo ao que interessa: procurar o papel. Se é que tem algum.

Voltando a se preocupar com os destruidores seriais, os quatro amigos vasculharam, de cabo a rabo, aquela construção maravilhosa; mas sem sucesso.

– Droga! – esbravejou Mauri. – Tomar essa chuva toda pra nada!

– Será que não tem alguma coisa lá fora? – lembrou Jade.

– Pode até ser, mas não dá pra procurar com essa borrasca caindo – disse Índio, aborrecido.

– Mas sem pista não podemos continuar tentando resolver o caso – ponderou Elisa.

– Então chega; foi muito bom enquanto durou. Fizemos o possível, a polícia não quis saber, danem-se! Vamos embora e esquecer essa história de Ramos de Azevedo – desabafou Mauri, já se dirigindo para o pátio dos arcos.

– É duro concordar, mas o Mauri tem razão; é melhor a gente voltar pra casa – disse Índio, saindo também.

As duas garotas ainda olhavam os borrões na parede e a tal pichação, que já havia sido traduzida por Jade assim que ouvira a notícia do atentado.

– Cadê os dois? – perguntou Elisa.

– Devem estar lá fora. Vamos indo também – disse Jade, já se dirigindo para fora.

– Ei, Jade, tem uma coisa grudada no seu tênis – alertou Elisa.

– Só falta ser chiclete. Odeio pisar em chiclete!

Mas quando Jade olhou a sola do tênis, realmente havia um chiclete com um papel grudado, que Jade tirou, com todo o cuidado.
– Elisa, Elisa, Elisa! Você não vai acreditar...
– O que foi?
– Olha só o que estava grudado no chiclete!
– A pista? A pista codificada?!
– Ela mesma – confirmou Jade.
Empolgadas, as duas meninas correram ao encontro de Índio e Mauri.
– Índio! Índio! Olha só! Achamos a pista codificada; tava grudada no meu tênis. Você trouxe a lupa?
Coçando as mãos de excitação, o garoto nem deu resposta. Enfiou a mão no bolso e tirou a lupa vermelha decodificadora.
– São todos uns cretinos! – disse ele. – Leiam vocês mesmos!
Naquele pedaço de papel, a próxima obra de Ramos de Azevedo a ser depredada se revelava:

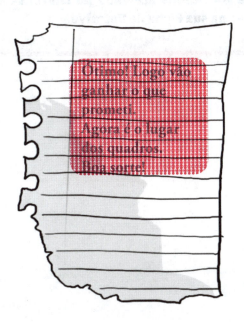

– Ai, não! – gritou Elisa. – Será que esse lugar dos quadros, onde pinturas são expostas, é o que estou pensando?

SERÁ QUE VOCÊ SABE?

Dê mais uma olhada na pesquisa do Mauri, na página 133, onde aparece a relação das obras públicas de Ramos de Azevedo em São Paulo. Você é capaz de descobrir qual é esse lugar de que a pista fala?
Uma dica, também em forma de enigma: a palavra é difícil, mas a resposta é fácil.

Mesmo que você tenha acertado no chute, vale ponto. Pode marcar na sua Ficha de Detetive.

MÃOS À OBRA

– Que lugar é esse que você tá pensando, Elisa? – quis saber Jade.
   – A Pinacoteca do Estado.
   Os amigos ficaram pensativos.
   – A Pinacoteca é obra do Ramos de Azevedo? – perguntou Jade.
   – É. Tá na minha relação – confirmou Mauri.
   – Então é ela mesma a próxima obra a ser atacada – disse Jade.
   – E o pior é que este bilhete aqui mostrou que o Bochecha não ataca sozinho – observou Índio, relendo o papel que acabara de decodificar.
   – Além do mandante, tem alguém que ajuda ele nas detonações.

SERÁ QUE VOCÊ SABE?

Relendo o papel com a pista, que está na página 75, você tem ideia do que levou Índio a essa conclusão?

Acertou? Já sabe: ponto na sua Ficha de Detetive.

Jade, Elisa e Mauri verificaram o bilhete com a pista e concordaram com a observação do amigo, de que o Bochecha agia acompanhado.

– Essa constatação é de grande periculosidade – disse Elisa.

– Por quê, Dicionário? – quis saber Mauri.

– Porque mais gente pode fazer estragos maiores.

A história se complicava cada vez mais, e o clima de terror começava a tomar conta da turma. Que motivo teriam aqueles homens para se comportarem assim?

A chuva havia amainado um pouco; era hora de voltar para casa.

– Vamos nessa, turma? – propôs Mauri. – Tô louco pra chegar em casa e tomar um banho quente.

– Eu também – concordou Jade. – Preciso lavar meu precioso cabelinho.

Em pouco tempo os amigos estavam novamente no terminal Dom Pedro II. O ônibus não demorou a chegar.

– O trânsito está caótico – comentou Elisa. – Desse jeito, vamos chegar em casa de noite.

Enquanto o ônibus tentava chegar ao seu destino, a avenida Paulista, Índio fez um balanço das pesquisas. As partes teóricas se relacionavam com Ramos de Azevedo: o ciclo do café, a mão de obra imigrante, a cidade de São Paulo e a avenida Paulista, mas não tinham servido para levantar sequer uma suspeita. O mapa de Jade, apesar de muito bem desenhado, até aquele momento só tinha servido para ilustrar. Não trazia nenhuma pista que pudesse ajudar a explicar o motivo daqueles ataques.

"Elisa é que está com a razão", pensou Índio. "Falta o fio da meada."

> **Você também pensa assim ou já tem ideia do fio da meada?**

Mais de uma hora depois, o ônibus atingiu a Paulista. Os amigos desceram no ponto do edifício Gazeta e correram para a escadaria da frente, para se abrigar da chuva, que recomeçara.

– Essa chuva não está dando trégua. O pior é que, hoje, nem minha mãe nem meu pai estão disponíveis para dar uma carona pra gente – comentou Elisa.

– Pois eu vou indo nessa, pessoal – disse Mauri, já descendo a escada. – Estou quase em casa. Tô a finzão de um belo banho. Pegar resfriado, no meio desse terror todo, fura completamente o esquema.

– Peraí! Peraí, Mauri! – pediu Jade.

O amigo voltou:

– O que é, Jade Nacarelli de Mântova? – provocou ele.

– Vamos combinar de cada um olhar bem a relação das obras do Ramos de Azevedo e reler sobre a vida dele. Também olhar com atenção o meu mapa. Quem sabe a gente acha alguma resposta.

– Ótima ideia, Jade! – concordou Elisa. – Quatro cabeças pensantes discernem quadruplamente.

– Tá bom – concordou Mauri. – Eu vou dar uma boa olhada no meu próprio trabalho. E tem aquela história lá, que vocês não levaram a sério, mas aconteceu. Tchau! Fui – disse ele, descendo as escadas do edifício Gazeta, rumo à sua casa.

Índio ficou olhando o amigo desaparecer no meio da chuva.

– Índio! Índio! – chamou Jade.

– O que é? – perguntou ele, sem tirar os olhos da avenida Paulista, que àquela hora da tarde tinha o trânsito completamente congestionado.

– Você também concorda em rever a pesquisa do Mauri e o meu mapa?

– Concordo – confirmou Índio. – Mas juro que fiquei curioso sobre aquela história do Mauri.

– Qual história? – perguntou Elisa.

– A do tal Gastaldi – respondeu Índio.

– Essa história só pode ser invenção do Mauri – disse Jade. – Ele adora aparecer. Lembra do caso da delegacia?

– Eu sei, gente. Mas... Sei lá! Tinha ficado curioso. Achei que havia visto alguma pista no desenho da Jade, daí fui olhar de novo.

– Pista no meu desenho?! – surpreendeu-se Jade.

– É; nele você relacionou várias coisas, inclusive um lugar de venda de lotes.

– Foi; mas não vi nada de anormal nisso.

– Mas tem uma plaquinha no desenho que parece ter uma letra G, bem no local onde diz "venda de lotes".

Jade e Elisa se espantaram; não tinham reparado nisso.

– Puxa, eu apenas copiei um desenho que vi no Museu Paulista – comentou Jade.

– Amanhã, nós podemos dar um crédito ao Mauri e ouvirmos a tal história. Mas eu, ao chegar em casa, vou rever o desenho; isso pode mesmo significar alguma coisa – disse Elisa.

– Isso mesmo! – concordou Jade.

– Bom, meninas, eu também já vou indo – disse Índio.

– Espera mais um pouco que vou ver se minha mãe vem pegar a gente, quando sair do consultório – propôs Jade.

Ele não aceitou. Disse que preferia ir de ônibus, mas, na verdade, queria ligar para Mauri. Precisava apurar direitinho aquela história do Gastaldi. Seria verdadeira ou invenção do amigo?

Índio parou no primeiro orelhão que encontrou no caminho, mas ninguém atendeu ao telefone.

SERÁ QUE VOCÊ SABE?

Na história que tinha começado a contar, Mauri falou de um tal de Gastaldi, que deu o golpe da água contaminada. Olhando o desenho de Jade, na página 134, você sabe indicar dois detalhes relacionados a essa história?

Neste caso você tem de indicar os dois detalhes corretamente para poder marcar um ponto na sua Ficha de Detetive, O.K.?

QUE HISTÓRIA É ESSA?

Como haviam combinado, os quatro amigos releram sobre a vida do arquiteto Ramos de Azevedo e deram uma estudada melhor no desenho. Alertadas por Índio, Jade e Elisa constataram que havia mesmo uma letra G no local de venda de lotes.

Índio, naquela manhã, estava atrasado. Tinha ficado acordado até tarde, curioso sobre o tal Gastaldi. Aflito com isso, havia feito várias ligações para Mauri, mas ninguém atendera a nenhuma delas.

– O que aconteceu, cacique Pataxó, que você chegou atrasado? – brincou Mauri, apontando para o relógio.

– Puxa, Mauri, onde você estava ontem à noite? Te liguei umas quinhentas vezes.

– Deu uma zica desgraçada nas linhas telefônicas do meu prédio. Ficou tudo mudo. Mas já tá ligado de novo – explicou Mauri. – O que você queria comigo, Índio?

– Fiquei com a história do Gastaldi na cabeça. Você inventou, Mauri, ou ele existiu mesmo?

– Eu disse que era sério, Índio, mas ninguém acreditou.

– Conta aí, por favor – pediu o amigo. – A gente viu que tem uma letra G no desenho da Jade, que pode significar Gastaldi.

Mas antes que Mauri pudesse fazer isso, a aula começou. Um repentista e um poeta de cordel iriam se apresentar, fechando a Semana do Folclore.

– Pssssss! Depois eu conto – disse Mauri, baixinho.

Naquela manhã não houve intervalo, mas uma apresentação seguida da outra. Ao término, foi servido um lanche comunitário com doces e salgados típicos de várias regiões brasileiras. Ou seja, a curiosidade de Índio teve que esperar bastante.

Na hora da saída, no entanto...

– Mauri, agora você não me escapa – disse ele. – Vamos lá pra cantina e você me conta a história do Gastaldi.

Antes que Mauri respondesse, Elisa e Jade apareceram, já reclamando:

– Escuta, a gente não tinha combinado de rever a pesquisa do Mauri e o mapa da Jade para discutirmos hoje? – lembrou Elisa.

– Foi – disse Mauri.

– Mas vocês dois sumiram e agora estão aí, cheios de segredinhos – reclamou Jade.

– Eu, tipo assim, não sumi; só fiquei esperando o Índio chegar.

– E eu cheguei atrasado – completou o outro.

– E como e onde vamos discorrer sobre as conclusões que tiramos? – perguntou Elisa.

– Falem logo que querem ir pra minha casa! – disse Mauri.

– Seria ótimo, Mauri – confirmou Elisa.

– *Yakisoba*, de novo, não! Por favor! – pediu Índio.

– Hoje, eu convido vocês para um *fast-food*, na padaria – sugeriu Jade.

– Bem *fast* e pouco *food*, né, dona Jade? – disse Elisa, séria. – Sei que você se gosta como é, o que é maravilhoso, mas também existem o fator saúde, o fator compulsão, o fator...

– Chega, Elisa! Eu já entendi! – interrompeu Jade, apertando o passo rumo à padaria.

Depois da ligeira refeição, foram todos para a casa de Mauri. Acomodados na pequena sala, Índio não aguentou mais de curiosidade. Coçando as mãos, pediu:

– Vai, Mauri, conta logo!

– É, Mauri, conte porque, dependendo do desenrolar dessa história, eu já tenho uma suspeita – comentou Elisa.

– Jura, Elisa?! – espantou-se Jade.

– Inicie o relato, Mauri, por favor – pediu Elisa.

Então o amigo contou:
— Ele se chamava Isidoro Gastaldi. Era o cara que vendia os terrenos para o Ramos de Azevedo construir as mansões dos barões do café. A empresa do Gastaldi era a única, na época, que vendia e comprava terrenos. O cara era podre de rico. Tudo ia bem até que um dia, quando o Ramos chegou no escritório, encontrou uns donos de chácaras da avenida Paulista fazendo piquete na porta.
— E qual teria sido o motivo, Mauri? – perguntou Elisa.
— Então, no *site* em que eu vi tudo isso dizia que os chacareiros estavam loucos da vida porque achavam que o Ramos tinha feito eles de besta – explicou Mauri.
— Imagine!!! – reclamou Elisa. – Pelo que eu li, era voz corrente que o Ramos de Azevedo era um homem honesto e bom.
— Eu também ouvi falar isso, Mauri – confirmou Índio.

– Calma, gente, deixa eu continuar contando – pediu Mauri, seguindo com a história. – O Ramos de Azevedo pediu que os chacareiros entrassem no escritório e explicassem aquilo direito. Daí ficou sabendo a verdade.

– Que verdade? – perguntou Jade.

– A verdade era que o Gastaldi tinha dito pros chacareiros que as águas do rio Saracura, que nascia no Morro do Caaguaçu, que virou avenida Paulista, estavam contaminadas. Ele deve ter jogado alguma coisa no rio para convencer os caras. Ou talvez tenha lido meu livro sobre como convencer pessoas – explicou.

– Engraçadinho... – resmungou Jade.

– Por isso as terras deles não valiam nada; ou seja, eles venderam pro Gastaldi a preço de banana, certo? – concluiu Índio.

– Mas o tal Gastaldi, com certeza, vendeu as terras pro Ramos de Azevedo pelo preço normal – continuou o raciocínio Elisa.

– Isso mesmo – confirmou Mauri.

– E depois jogou a culpa nas costas do Ramos – fechou o caso Jade.

– Foi, tipo assim, isso mesmo.

A história do Gastaldi havia provocado dúvidas na turma.

– Elisa, você tinha dito que suspeitava de alguma coisa; o que é? – perguntou Jade.

– Olhando o seu desenho, resolvi reler a pesquisa do Índio sobre a avenida Paulista. Então vi que aquela história de água contaminada que o Mauri havia dito podia ser real, pois o rio Saracura banhava todas as chácaras que compunham a avenida naquela época.

– Não tô falando? – resmungou Mauri.

– Mas não era. Agora ficamos sabendo que as águas não estavam contaminadas coisa nenhuma – concluiu Elisa.

– Era o que eu ia dizer – voltou a resmungar Mauri.

– Boca fechada, Mauri! – esbravejou Jade.

– E daí, Elisa? Até agora você não disse das suas suspeitas – retrucou Índio.

– É, não disse – concordou Jade.

– Até aquele momento, apenas uma ideia havia me assaltado, mas, agora, depois dessa história do Gastaldi, constatei: essa depredação das obras do Ramos de Azevedo pode ser uma vingança.

– Vingança?! – espantaram-se os outros três.

– Exato – confirmou Elisa.

– Pode ser, mesmo, Elisa – confirmou Índio, pensativo.

– Cadê a sua pesquisa, Mauri? – pediu Jade.

– Pra quê? A gente já desconfia que a próxima obra que o Bochecha vai atacar é a Pinacoteca.

– Mas não é da Pinacoteca que estou falando. Se a Elisa estiver certa e o que está acontecendo é uma vingança, só pode ser de um bando de loucos – concluiu Jade.

– A gente já tava desconfiado disso, por causa das coisas cretinas que o Bochecha e a turma dele estão fazendo – lembrou Índio.

– E o quê, efetivamente, você acha que podemos encontrar na relação das obras do Ramos de Azevedo que nos leve a mais uma pista, Jade? – quis saber Elisa.

Mas antes que Jade pudesse responder, seu Chico chegou e ligou a televisão.

– Peraí, pai; a gente tá estudando – disse Mauri.

– Vai dar sobre aqueles *lânvados* que estão atacando na cidade, Maurilsom – informou seu Chico.

Os quatro amigos, entreolhando-se, aproximaram-se também da TV. Assim dizia a reportagem:

Nesta madrugada, a Pinacoteca do Estado, situada na Praça da Luz, foi invadida. O prédio da Pinacoteca, projetado pelo engenheiro-arquiteto Ramos de Azevedo, teve várias telas de pintores famosos retalhadas, paredes besuntadas de tintas coloridas e com frases obscenas; esculturas brancas foram deformadas com dentes, costeletas e bigodes pintados e, por fim, os invasores, munidos de pedras enormes, estilhaçaram uma vitrine onde se encontravam expostas máquinas fotográficas antigas, fato que acionou o alarme. A polícia acredita que esse episódio tenha relação com outros acontecimentos em locais públicos que vêm ocorrendo na cidade de São Paulo, como o da Casa das Rosas, do Teatro Municipal e do

Palácio das Indústrias. Assim como nas vezes anteriores, garatujas desconexas foram rabiscadas em uma das paredes.

O repórter encerrou, enquanto o câmera dava um *zoom* na parede pichada.

– Olha lá! Olha lá! – gritou Mauri. – Vou anotar! – disse ele, pegando seu inseparável bloquinho.

– Nossa! – espantou-se Jade. – Parece que os três códigos estão misturados.

– Será que conseguimos traduzir? – disse Índio, coçando a cabeça.

SERÁ QUE VOCÊ SABE?

3 I550 41!
CIQTC G JQTC FC CWNC.
EDSIOP, AD IDREVOÃS AN IEFAR.

Você consegue perceber os três códigos na mensagem secreta? Lembre-se: existe aquele que troca algumas letras por números, outro em que as letras de cada sílaba estão invertidas e outro em que é preciso voltar duas letras do alfabeto. Mas, além de "traduzir" a mensagem acima, você terá também que responder a esta pergunta: Jade queria ver na relação de obras públicas do Ramos de Azevedo (na página 133) se tinha alguma que se referisse a loucos. Que obra seria essa?

Desta vez o desafio foi duplo, e só vale marcar um ponto na sua Ficha de Detetive se você tiver acertado as duas respostas, O.K.?

DE NOVO A POLÍCIA?

– Gente, não dá pra esperar nem mais um minuto! – disse Elisa. – Estou atônita.

– É isso aí, Dicionário de Bolso! – brincou Mauri. – Vamos, agora mesmo, para a Pinacoteca ver se a besta do Bochecha deixou algum bilhete codificado jogado no chão.

Elisa olhou para Mauri, preocupada:

– Mauri, sei que você e a Jade se enrolaram com a polícia, mas o que eu quis dizer com "não podemos esperar mais" foi para avisar a polícia, não para ir à Pinacoteca.

– De novo a polícia, Elisa?! – sobressaltou-se Jade. – Se meus pais desconfiarem que eu andei me metendo em rolo, vou ficar meses sem comer doce. Esse é sempre o castigo que eles me dão; assim, unem o útil, que é evitar cáries, ao agradável, que é me ver mais magra. Por favor, vamos continuar investigando sozinhos, vai...

– Negativo, Jade – intrometeu-se Índio. – A Elisa tem razão. Não dá pra gente se preocupar só com os problemas pessoais, quando a cidade toda está na mira desses malucos.

– Eu concordo, mas bem que a gente podia ir primeiro na Pinacoteca. Se encontrarmos alguma pista, vai ficar mais fácil convencermos o delegado William de que, desta vez, estamos falando a verdade – sugeriu Mauri.

– Que horas são? – quis saber Elisa.

– Quase seis da tarde – respondeu Mauri –, e o esquema está totalmente furado.

– Que esquema? Pode-se saber? – disse Jade.

– Ué, a esta hora nem vai dar pra gente ir até a Pinacoteca. Além disso, o meu velho não vai me deixar sair nem por decreto. Mas tem um negócio.

– Que negócio? – perguntou Índio.

– Amanhã, na madruga, eu vou com a minha mãe até o Mercado Municipal...

– Que é obra do Ramos de Azevedo – interrompeu Elisa.

– É. E posso fazer o seguinte: deixo minha mãe no Mercado e dou um pulo na Pinacoteca. Pego o bilhete codificado, passo na casa do Índio...

> **Você sabe onde ficam o Mercado Municipal e a Pinacoteca do Estado? Veja no mapa da página 124.**

– Parado aí, Mauri! Ficou doido? – explodiu Jade. – Em primeiro lugar, a Pinacoteca nem é tão perto do Mercadão assim. Em segundo, é grande pra burro; você ia levar o dia todo fuçando por lá. Em terceiro, como é que você sabe que vai ter bilhete codificado jogado no chão, de novo?

– A Jade tem razão, Mauri, é melhor irmos todos juntos – sugeriu Elisa. – Mas que pode ter bilhete jogado no chão, isso pode.

Elisa pareceu muito certa do que dizia, o que despertou a curiosidade da turma.

– Por que você está dizendo isso, Elisa? – perguntou Jade.

– Porque minha tia, que é psicóloga, certa vez disse que uma das características dos psicopatas é o ato repetitivo.

– Tipo assim, se jogou o papel da pista no chão da primeira vez, vai jogar sempre?

– É mais ou menos isso, sim, Mauri – confirmou Elisa.

– Fechado. Amanhã, lá pelas nove, a gente inventa uma desculpa, se encontra na lanchonete, depois se manda pra Pinacoteca – sugeriu Índio, mostrando as mãos abertas para os outros baterem.

Sugestão acatada por unanimidade.

– Só tem mais uma coisinha: achando ou não achando o bilhete codificado, saindo da Pinacoteca a gente vai para o 78º Distrito e tenta convencer o delegado William, valeu? – Índio encerrou o assunto, preocupando Jade e Mauri.

– Escuta, cara, por que você não conta pro teu pai? – propôs Mauri. – Ele não é da polícia?

– Nossa, Maurilsom, de vez em quando você até pensa, hein? – brincou Jade.

– Meu pai é tenente do exército, Mauri, não policial.

– Mas uma vez você disse que ele conhecia o delegado do 78º – lembrou Jade.

– Conhecer é uma coisa e se meter no trabalho dele é outra. Sem chance – encerrou o assunto Índio, já abrindo a porta. – A gente se encontra na lanchonete, em frente à Casa das Rosas, amanhã, às nove, falou?

Os três amigos ficaram olhando Índio sair, enfezado, do apartamento.

– O Índio é chato pra cachorro. Tipo assim, quando empaca com uma coisa, parece jumento.

– É cachorro ou jumento, Mauri? – brincou Jade, pendurando a mochila nas costas.

– O Índio tem razão, viu! Vocês dois não levam nada a sério – reclamou Elisa, rumo à porta de saída. – Amanhã, às nove! Tchau.

– Também fui, Mauri. Tchau! – despediu-se Jade, dando um encontrão em seu Chico, que, entretido com o noticiário da TV, nem percebera a movimentação do filho e de seus amigos.

– Aonde vai com tanta pressa, Gina? Jane?

– Jade, seu Chico. Tchau.

Quando Índio virou a esquina da rua Salvador Cardoso, onde morava, viu uma viatura de polícia estacionando em frente à sua casa. Seu coração bateu mais forte. "Seria coincidência?", ele pensou. Mas não era. Minutos depois, reconheceu o delegado William descendo do carro e tocando a campainha.

– Esta é a casa do tenente Parreira? – Índio pôde ouvir o homem perguntar à vizinha, que regava o jardim. Mas nem foi preciso que ela respondesse. Índio se adiantou:

– É, delegado. É aqui mesmo. Eu sou filho dele.

O delegado do 78º reconheceu o garoto.

– Tem certeza de que é com o meu pai que o senhor quer falar? Não seria comigo? – disse Índio, empinando o nariz.

– Você é atrevido, menino. Mas tem razão: descobri, pelo seu sobrenome, que era filho do Parreira. O fato é que recebi telefonemas dos delegados do 1º e do 3º DPs, da Liberdade e do Centro, preocupados com os ataques ao Teatro Municipal e ao Palácio das Indústrias, lugares sob a jurisdição deles. Isso, ligado ao fato de a Casa das Rosas também ter sido invadida e, agora, a Pinacoteca do Estado, me fez lembrar de você ter dito alguma coisa sobre poder ajudar. Daí resolvi procurá-lo, garoto.

– Garoto, não; meu nome é Iberê Carlos Parreira. E eu, naquele dia, só falei que podia ajudar no caso da Casa das Rosas. O senhor acha que os outros ataques estão todos relacionados? – perguntou Índio, disfarçando.

– Certamente. Existem muitas evidências, apesar de ainda não saber o fio condutor dessa história – explicou o delegado.

– Posso saber o que está acontecendo aqui? – perguntou o pai de Índio, que chegava. – Como vai, William? – cumprimentou o delegado, seu velho conhecido.

– Na verdade, Parreira, seu filho sabe alguma coisa sobre o ataque à Casa das Rosas. Quem sabe essas informações possam nos levar à corja que está atacando as obras e monumentos da cidade – explicou o delegado.

O pai de Índio olhou interrogativamente para o filho.

– Vamos entrando, William – convidou o tenente Parreira. – Tomando um café, conversamos melhor.

A conversa se estendeu por mais de uma hora. Nesse ínterim, o delegado soube de todos os detalhes sobre as descobertas dos quatro amigos, menos que eles se encontrariam, no dia seguinte, para vasculhar as redondezas da Pinacoteca do Estado. Por outro lado, o pai de Índio ficou sabendo do caso da aposta que Mauri e Jade haviam feito, envolvendo o delegado do 78º.

– Então estamos combinados, Iberê. De agora em diante, sua turma e nós, da polícia, trabalhamos juntos, O.K.? – disse o delegado, despedindo-se.

– Combinado, delegado. Se tivermos alguma novidade, avisamos – prometeu Índio.

O tenente Parreira não gostou nada nada daquela história de aposta, apesar de o filho não ter participado da trama. Por esse motivo, Índio achou melhor não ficar telefonando para os amigos. Só falou com eles novamente na manhã seguinte.

Quando Jade e Índio chegaram à lanchonete, Mauri, como sempre, já estava lá.

– Você não ia com a sua mãe no Mercadão? – perguntou Jade.

– Já fui. Meu dia começa cedo, garota. É tudo no cronômetro – respondeu ele, mostrando o relógio.

– E no esquema – completou Índio, fazendo Jade rir. – Cadê a Elisa? – perguntou, sem perceber que ela chegava, acompanhada da mãe.

– Deu zebra, sujou – resmungou Mauri.

Mas a doutora Gláucia, em vez de esbravejar, como todos pensaram, apenas se dispôs a ajudar:

– Quero ir com vocês à Pinacoteca – disse ela.

– Eu já contei tudo pra polícia, doutora Gláucia – foi logo dizendo Índio, o que fez Jade e Mauri fecharem a cara. – No caminho, explico como foi que rolou.

– Fez muito bem, Iberê. Este é um caso muito complexo para vocês agirem sozinhos. A Elisa contou sobre as pesquisas e desconfianças de vocês. Quando voltarmos da Pinacoteca, gostaria que vocês me contassem tudo. Vamos indo; levo todos no meu carro – convidou a juíza.

Ao chegarem à Pinacoteca do Estado, faixas e mais faixas de segu-

rança barravam a entrada. Mas a doutora Gláucia adiantou-se. Mostrou sua identificação de juíza, contou parte do caso para o segurança e conseguiu entrada livre para ela e a turma.

– Grande doutora Gláucia! – disse Mauri, encantado com a desenvoltura da mãe de Elisa.

– É melhor concentrarmos as buscas perto dos lugares que o homem, que vocês chamam de Bochecha, e sua turma estragaram – sugeriu a juíza. – Pelo que Elisa me disse, das outras vezes as mensagens foram jogadas em lugares bem visíveis.

– Menos no Municipal – corrigiu Mauri, lembrando aquele desagradável dia.

– A gente podia se separar – Índio deu a ideia. – Cada um vai procurar em um lugar diferente.

Assim fizeram. Vasculharam durante mais de uma hora as dependências da Pinacoteca, mas sem obter sucesso. Então voltaram a se encontrar.

– Desta vez, acho que o Bochecha se tocou e viu que era burrice jogar o papel da pista no chão – disse Mauri, encostando na parede.

– Pois eu acho que não – comentou a mãe de Elisa. – Andei conversando com a minha irmã, que é psicóloga, e...

– A Elisa comentou com a gente sobre os psicopatas com atitudes repetitivas, doutora Gláucia – interrompeu Jade.

– Pois é. Vamos pensar: o Bochecha e sua turma parecem estar se divertindo com tudo isso; deixam bilhetes codificados, pichações ininteligíveis e fazem coisas de loucos nas obras do Ramos de Azevedo. Quem sabe, desta vez, ele não jogou a pista codificada em algum lugar inusitado, como o banheiro, por exemplo?

– Só espero que não seja no meio dos excrementos, mãe.

A doutora Gláucia achou graça no comentário da filha.

– Em se tratando de pessoas acometidas de demência, seria uma hipótese bem plausível os meliantes jogarem a pista nos excrementos, Elisa.

Mauri se aproximou de Índio e cochichou:

– Do que que essas duas estão falando?

– Como disse, Maurilsom? – perguntou a juíza.

– Disse que... tipo assim, tal mãe, tal filha.

Jade soltou uma gargalhada:

– Você não tem jeito, Mauri.

Voltando ao trabalho a que se propunham naquela manhã, os quatro amigos foram se informar sobre a localização dos banheiros na Pinacoteca do Estado. Não demorou muito, reuniram-se novamente com a juíza.

– Eu não encontrei nada – disse Elisa.

– Nem eu, nem a Jade, nem o Mauri – completou Índio.

A doutora Gláucia franziu o sobrolho:

– Acho que desta vez o Bochecha não deixou pista ou...

– Ou o quê, mãe?

– Ou ele e sua turma estão preparando uma grande apoteose – respondeu a juíza.

– Como, tipo assim, apoteose? – perguntou Mauri.

– Um *gran finale*, Maurilsom. Tipo assim – brincou ela –, o mandante se cansou da vingança. A Elisa me contou que vocês desconfiam de uma vingança, não é?

– Sim – confirmou Índio –, mas ainda não sabemos de que tipo.

– A desconfiança partiu da história do tal Isidoro Gastaldi, não é mesmo? – continuou a mãe de Elisa.

– Foi, doutora Gláucia – confirmou Jade.

– Então, após nosso colóquio com o delegado William Moura, proponho irmos para minha casa e pesquisarmos mais sobre esse Isidoro Gastaldi.

Sem mais o que fazer, seguiram todos para o carro da mãe de Elisa.

CARTAS NA MESA (DO DELEGADO)

A intenção da turma, que naquele dia incluía a doutora Gláucia, era chegar à delegacia munida de outra pista codificada. Mas não haviam encontrado pista alguma. Mesmo o significado da última pichação, apesar de traduzida, eles não tinham conseguido entender. Havia ainda tantas obras de Ramos de Azevedo que poderiam ser atacadas, mas a tradução da mensagem se referia a uma aula. Seria escola? Qual? E a uma feira. Seria o Mercado Municipal?

SERÁ QUE VOCÊ SABE?

Na pichação do Bochecha, há duas palavras-chave: *aula* e *feira*. Uma delas tem relação direta com alguma construção de Ramos de Azevedo. Consultando a relação de suas obras, na página 133, você saberia dizer que palavra é essa e a que obra(s) pode estar relacionada?

Acertou, já sabe: mais um ponto na sua Ficha de Detetive.

A palavra é aula, que pode se relacionar com o colégio Caetano de Campos ou com o colégio Rodrigues Alves.

Um tanto desanimados, os cinco estavam à espera do delegado William, quando o policial da entrada chamou:

– Doutora Gláucia Ortiz, pode entrar.

Elisa e Índio logo se apressaram em segui-la. Mauri e Jade continuaram sentados, mas a juíza os chamou:

– Jade e Maurilsom, somos um grupo tentando ajudar a polícia ou não?

Os dois, sem graça e de cabeça baixa, passaram pelo policial, acompanhando o grupo.

– O delegado perdeu o juízo. Dar ouvidos a esses dois pestinhas de novo... – resmungou o policial.

A sala do delegado Willliam era uma bagunça organizada, como ele mesmo a definia.

– Bom dia, Gláucia, há quanto tempo! – cumprimentou ele, cheio de mesuras, ao ser visitado pela juíza, ex-colega de escola.

Os quatro amigos rodearam a mãe de Elisa.

– É mesmo, William, muito tempo. Mas vamos direto ao que nos trouxe aqui. Minha filha Elisa – disse, apontando-a – e seus amigos trouxeram, como combinado *a priori*, novas informações sobre o caso dos ataques às obras do arquiteto.

– Pois não. Quando me telefonou, achei muita coincidência sua filha estar envolvida nessa história, Gláucia. Mas vamos ouvir a garotada – disse o delegado.

Animada, Elisa se adiantou:

– Vou contar, *ipsis litteris*, tudo o que sei e o que concluí, delegado.

– Obrigado, Elisa. O Iberê também fez isso ontem – comentou o delegado. – Só aqueles... dois – continuou ele, encarando Jade e Mauri – é que ainda não disseram nada.

Fez-se silêncio, até que Jade se atreveu:

– Olha, delegado, sei que a gente não agiu bem com o senhor da outra vez, mas queria pedir mil desculpas, viu?

Sem outra alternativa, Mauri também se desculpou:

– Adolescente sabe como é, delegado, tipo assim, quando viu, já fez a...

Antes que Mauri completasse a frase, a doutora Gláucia interveio:

– Como vê, William, os dois estão realmente vexados com o ocorrido e pedem, com instância, suas desculpas.

– Claro, claro, Gláucia! – disse o homem. – Por mim, é caso encerrado.

Tranquilos, sem mais aquele peso na consciência, Jade e Mauri também abriram suas dúvidas e desconfianças sobre o caso ao delegado.

Após ter ouvido atentamente os depoimentos dos quatro amigos, o chefe do 78º Distrito Policial se posicionou:

– Acredito que vocês tenham razão; os ataques têm mais ares de vingança que de terror.

– Até que enfim a gente entrou em acordo com a polícia! – disse Mauri, fazendo todos rirem.

– Tudo o que vocês me disseram pareceu bem plausível; mas realmente me dá a impressão de que estamos lidando com um bando de loucos. Ou crianças?

– Crianças não, delegado, porque eu e o Mauri vimos o Bochecha, em pessoa, na Casa das Rosas – disse Índio. – Aliás, eu já contei isso pro senhor, ontem, na minha casa.

Foi ele falar, o tenente Parreira entrou na sala do delegado:

– Desculpe o atraso, William.

– Sem problemas, Parreira.

– Não sabia que você vinha, pai.

– O William me ligou contando que a doutora Gláucia ia trazer vocês aqui.

O delegado apresentou o pai de Índio à mãe de Elisa, então voltou a comentar os ataques seriais:

– Estava dizendo aos garotos que concordo com eles, quando acreditam que tudo isso está sendo feito por vingança. Seu filho também me convenceu de que, apesar dos disparates que temos visto, não estamos lidando com crianças. Aliás, Iberê e Maurilsom, se vissem a foto do homem que apelidaram de Bochecha, vocês o reconheceriam?

– É claro, delegado! – apressou-se em confirmar Mauri. – Tipo assim, ele é a cara do Quico, do *Chaves*. O senhor assiste?

Mas o delegado, ignorando a pergunta, apressou-se em abrir um livro enorme cheio de fotos de homens fichados pela polícia.

– Observem bem, meninos. Quem sabe o Bochecha está aí.

Durante uns vinte minutos, Índio e Mauri observaram as fotos, enquanto os outros discutiam o caso.

– Infelizmente, o Bochecha não está aqui, delegado – disse Índio, fechando o livro.

– É uma pena. Facilitaria muito se estivesse – comentou ele. – Neste momento, eu acho que vocês têm razão sobre a suspeita de vingança, mas nada temos de concreto.

Foi como um balde de água fria na cabeça dos quatro amigos.

– Não é possível que trabalhamos tanto pra nada, delegado... – reclamou Elisa. – Em algum lugar dessa história toda está o fio da meada.

– Ou falta o fio da meada, minha querida – completou o delegado. – Você poderia me descrever esse tal de Bochecha, Iberê?

– Com certeza, delegado!

– Eu também, tipo assim, ajudo.

– Então me deem só um minuto – pediu o chefe do 78º DP, fazendo uma ligação.

Em poucos segundos, apareceu na sala um policial munido de um bloco e lápis.

– Este policial vai fazer o retrato falado do sujeito – explicou o delegado. – Podem começar.

Enquanto Índio e Mauri falavam, o policial ia esboçando as feições. Terminado o relato, ele mostrou o desenho.

– É ele! É o Bochecha! – exultou Mauri.

– Você desenha bem pra caramba, hein?! – disse Índio. – É essa mesma a cara dele.

Os outros presentes viram pela primeira vez o rosto do homem que começara toda aquela trama de terror, iniciada na avenida Paulista.

– Vocês têm certeza mesmo de que este é o homem que viram? – perguntou o delegado.

– Positivo; o elemento é esse mesmo – confirmou Mauri, arremedando o linguajar dos policiais.

– É um rosto novo para a polícia. Eu, pelo menos, não cruzei com essa cara antes – disse o delegado William. – E você, Parreira?

– Também não.
– Gláucia?
– Também não, William.

O delegado ficou pensativo observando o desenho, depois de dispensar o retratista.

– Vamos fazer um esquema de trabalho – disse ele.
– Grande delegado! – animou-se Mauri, ao ouvir falar em esquema. – Sem esquema, nada dá certo. É ou não é, delegado?

O chefe do 78º DP, com um sorriso sardônico, pegou seu bloco e começou a relacionar e anotar os fatos.

– Vamos recordar tudo o que me contaram:

1. Ramos de Azevedo vai estudar no exterior.
2. Volta e começa a trabalhar em Campinas.
3. Recebe convite para construir obras públicas na cidade de São Paulo.
4. A avenida Paulista se torna polo residencial dos barões do café.
5. Ramos de Azevedo é chamado para construir a maioria dessas residências.

– E também abre um negócio de compra e venda de terrenos – interrompeu Jade, chamando a atenção do delegado.

– Ele comprava e vendia terrenos?

– Exato – confirmou Elisa.

– Essa informação pode ser muito importante.

– Nós também achamos, delegado – confirmou Índio.

– Vejam bem; o Ramos de Azevedo tinha uma construtora e um negócio de compra e venda de terras. Provavelmente, quando alguém encomendava uma casa, ele já se incumbia de oferecer também o terreno onde a residência seria construída. Acompanharam meu raciocínio?

– Sim, William, mas de que forma isso poderia nos levar a alguma pista? – perguntou o tenente Parreira.

O delegado ficou pensativo e comentou:

– Os garotos disseram que suspeitam que esses ataques possam ser vingativos; portanto, o fato de Ramos de Azevedo não só construir como vender terrenos pode levar a alguma pista. Por exemplo, ele construía a preços compatíveis com o mercado, mas abusava no preço dos terrenos, ou coisa parecida.

Mas Elisa, defensora da honestidade do arquiteto, logo cortou o comentário do delegado:

– O Ramos de Azevedo era um homem honestíssimo, delegado! Valorizou a mão de obra operária, oferecendo cursos de especialização. Com isso, a classe pobre pôde ter uma vida melhor, pois recebia honorários mais altos. Ele jamais trabalharia com uma usura dessas.

– Acredito que minha filha tem razão, William. A Elisa não se contenta em saber um pouco sobre as coisas; sempre vai além. Desde que esses ataques começaram, ela, pelo que me contou, tem lido muito a respeito do arquiteto – comentou a juíza.

– Bem, Gláucia, foi só uma ideia que tive – desculpou-se o delegado. – É que, revendo os acontecimentos, parece haver realmente vestígios de vingança.

Mauri, que estivera calado por um bom tempo, voltou à cena:

– E se a vingança fosse da família Gastaldi?

O delegado se empolgou. Recordando o caso contado por Mauri, bateu afetuosamente no ombro dele.

– Maurilsom, você está com as cartas no bolso do colete, meu caro.

– O quê?! – espantou-se Mauri, sem entender o comentário do delegado.

– Digo que é dessa história que chegaremos à resolução do caso. A vingança pode mesmo vir daí.

– Mas depois de tanto tempo? Mais de cem anos, William?! – comentou a mãe de Elisa.

O delegado franziu o sobrolho:

– Acho que podemos jogar nossas fichas aí, Gláucia. Mas, realmente, é só uma hipótese. Só que não temos mais tempo. Lembre-se de que a última pichação diz: "Agora é hora da aula; depois, da diversão na feira". E nós nem sequer sabemos o que isso quer dizer. Antes de sabermos de onde vem essa vingança, precisamos evitar outras depredações.

– Posso propor um plano de ação, William? – pediu a mãe de Elisa.

– Claro, Gláucia; suas ideias sempre foram brilhantes.

– Então sugiro que, enquanto você e o tenente Parreira reveem as obras do Ramos de Azevedo que ainda não foram atacadas, visando descobrir o verdadeiro sentido das palavras pichadas, eu e os garotos nos aprofundamos mais na vida da família Gastaldi. E hoje mesmo, no fim da tarde, nos reunimos aqui com o que conseguirmos concluir.

– Ótima ideia, Gláucia! – concordou o delegado. – Então, mãos à obra.

Despedindo-se, a juíza e os quatro amigos deixaram a delegacia.

– Vamos para minha casa. Meu marido foi pescar com meus dois filhos – disse a mãe de Elisa. – Então, poderemos trabalhar em paz.

BOCHECHA E SEUS COMPARSAS

– O Bisneto não vai gostar de encontrar o trator assim, largado no meio do mato – disse o Nesico, que a turma havia apelidado de Bochecha.

– O Bisneto que se dane! Prometeu um monte de coisa, mas, até agora, nada – resmungou, nervoso, o Hilário. – Quase que a polícia pega a gente por causa do trator.

– Também, só nós mesmo pra ir de trator no meio da cidade – lembrou o Castor, dando risada.

– E se o Bisneto não der o que prometeu? – voltou a resmungar o Hilário.

– Ele vai dar – acalmou-o Nesico. – Só que tem que ter paciência. O Bisneto já não pôs a gente pra fora?

– Pôs – concordaram os outros dois.

– Então. Também não tamo morando aqui, no sítio dele, com comida e cama limpinha?

– Tamo – mais uma vez, o Hilário e o Castor concordaram.

– Então. É só a gente acabar o serviço que ele dá o sítio, de vez, pra nós. Daí é que vamo deitar e rolar – disse o Nesico, todo satisfeito. – Só falta mais um serviço e pronto; o resto do dia vai ser só diversão. Agora vamos guardar o trator, antes que o Bisneto chegue.

O Hilário e o Castor obedeceram, entrando no trator, que o Nesico pôs em movimento.

– Tem certeza de que depois do serviço pronto o chefe não vai deixar a gente voltar pra lá, né, Nesico?

– Claro que tenho! O Bisneto é muito meu amigo. Olha bem, só de Juqueri a gente tem mais de dez anos de amizade – confirmou o Nesico, todo feliz por ser mais amigo do chefe que os outros dois.

– Que eu saiba, o Bisneto só ficou um ano no Juqueri – comentou o Hilário.

– Ficou um ano de cada vez, né, Hilário? – riu o Castor. – Não lembra que ele entrou e saiu umas quinhentas vezes?

Então foram os dois que caíram na risada, até que o Nesico achou ruim.

– Vamo parar de falar mal do Bisneto? Quem mexe com bomba acaba indo pro ar. Tão esquecendo que ele teve na guerra do Vietnã? Que sabe escrever código e tudo? Que matou quarenta e oito sujeitos só num dia?

– Isso é mentira! Nunca que ia dar tempo dum homem sozinho matar tudo isso, num dia só – irritou-se o Hilário.

– Ele matou, sim – defendeu o Nesico.

– Não matou – retrucou o Hilário.

– Matou.

– Não matou.

– Chega com essa discussão besta! – berrou o Castor. – O que que interessa se o Bisneto matou ou não matou? Contanto que não mate a gente...

Nesico e Hilário, espantados, pararam com a briga.

– Vocês tinham que ter é pena do Bisneto – retomou a palavra o Nesico. – O coitado viveu na miséria a vida toda só por causa daquele safado que acabou com a firma dele.

– Dele não, do bisavô dele – corrigiu o Castor.

– É tudo a mesma coisa – disse o Nesico, louco de raiva que os outros estivessem falando mal do chefe.

– E o avô dele, o pai dele, também viveram na miséria? – perguntou o Hilário.

– Viveram, coitados – confirmou o Nesico.

– Então eram todos uns vagabundos – disse o Castor. – Não é porque um faliu que a família inteira tem que viver falida, ué. Se o Bisneto fosse pobre, não podia dar este sítio pra gente.

O Nesico deu uma freada brusca no trator.

– Não quero ninguém falando mal da família Gastaldi, já disse! Por causa deles é que nós vamo viver sossegados o resto da vida.

– Hum, quero só ver – disse baixinho o Hilário.

– Mas que foi gozado a gente encher de estrume aquele casarão, lá no centro da cidade, foi – disse o Castor, dando boas risadas.

– Não é casarão, ô burro!, é teatro. Teatro Municipal – corrigiu o Hilário. – Teatro do Ramos Azedo.

– Quem que é burro, quem que é? Ramos Azedo é sua avó – deu o troco o Castor. – É Ramos de Azevedo.

O Nesico-Bochecha estacionou o trator no galpão do sítio do chefe.

– Vamo entrando depressinha! Ainda temo que preparar as coisas pra amanhã, nosso último serviço, e dormir pra acordar bem cedo. Depois vai ser só sossego. Eta!

– Eta! – repetiram os outros dois, caminhando felizes rumo à casa.

ALINHAVANDO A HISTÓRIA

Ao chegarem ao apartamento da família de Elisa, logo a juíza os levou para seu escritório.

– Fiquem à vontade, meninos – disse ela, apontando um espaçoso sofá. – Vou ligar o *notebook* e acionar um *site* de busca do qual sempre me utilizo.

Mauri estava encantado com o escritório da juíza:

– Meu, que esquema irado a senhora tem, doutora Gláucia!

Enquanto o computador era iniciado, a mãe de Elisa abraçou Mauri e comentou:

– A Elisa me disse que você pretende ter sua própria empresa, Maurilsom.

– É, eu pretendo, né. Mas não sei se vai dar.

– Mas é claro que vai dar! Para tanto, não basta querer; você tem que batalhar, acreditar que vai chegar lá. Minha família veio da África para servir de escravos no Brasil, Maurilsom. Mas, hoje, a maioria dos membros dela se projetou, tornamo-nos peças importantes em vários âmbitos da vida brasileira.

Mauri pensou na mãe e no pai:

– Meus pais não conseguiram isso, doutora Gláucia, apesar de darem um duro danado.

– Mas você vai conseguir, Maurilsom. E eu vou ajudá-lo.

Enquanto Mauri abraçava, comovido, a mãe de Elisa, o computador já estava pronto para aceitar os comandos dos pesquisadores. Elisa, como já soubesse qual *site* de busca a mãe usava, antecipou-se a ela, digitou "Isidoro Gastaldi" e chegou a este texto:

Dono da maior empresa de terras do final do século dezenove, perdeu tudo em razão de transações desonestas. Após o infausto acontecimento, fugiu para o interior e ninguém mais soube dele. Algumas fontes dizem que enlouqueceu.

Seu filho, Isidoro Gastaldi Filho, diante do ocorrido com o pai, jurou vingança ao arquiteto Ramos de Azevedo, para ele, o responsável pela tragédia. Mas não concluiu seu intento devido à morte do engenheiro-arquiteto.

Alguns anos mais tarde, Gastaldi Filho também faleceu, deixando um filho adolescente: Isidoro Gastaldi Neto.

Com a morte de Ramos de Azevedo e em razão de Gastaldi Neto ser um homem muito pacífico, a história de vingança teria acabado, não fosse ele tê-la contado para seu filho, Isidoro Gastaldi Bisneto, rapaz que desde a infância se tratava de distúrbios de comportamento. Daí em diante, a sede de vingança da família Gastaldi ressurgiu, mais intensa do que nunca, através dele.

Sabe-se que o grande sonho de Gastaldi Bisneto era ir para a guerra do Vietnã, mas ele jamais atingiu seu intento. Por ironia do destino, acabou internado no hospício do Juqueri, atual Hospital Psiquiátrico Franco da Rocha, obra construída por Ramos de Azevedo*.

– Vejam só, meninos! – gritou Elisa, empolgadíssima.

Todos se aproximaram da tela do *notebook* da juíza, para ler os complementos que faltavam na história de Mauri.

– O que acham de tudo isso? – perguntou a mãe de Elisa, cortando o silêncio.

---

* A história da família Gastaldi é fictícia, foi criada pela autora.

– Eu acho que a gente devia ir imediatamente para a delegacia, doutora.

– Dona Gláucia, o mandante do Bochecha pode bem ser esse tal Gastaldi Bisneto – propôs Índio.

– Todos concordam? – voltou a perguntar a juíza.

E como a resposta fosse sim, ela anotou o *link* que falava da família Gastaldi e desligou o computador. Então telefonou para o delegado William.

– Eu convido vocês para um lanche rápido, depois vamos para a delegacia. O delegado e o pai do Iberê nos encontrarão lá, em uma hora.

Estavam muito perto do desfecho da história.

No momento em que a mãe de Elisa parava seu carro no estacionamento da delegacia, o delegado William e o tenente Parreira também entravam.

– Pelo tom de sua voz ao telefone, acredito que vocês descobriram coisas importantes, não, Gláucia? – perguntou o delegado.

– Certamente, William.

– Muito bem; vamos entrando que o tempo é curto – disse o delegado.

Ao entrar em sua sala, pediu ao policial da recepção para não ser incomodado.

– Pode contar a história toda, Gláucia.

Mas a mãe de Elisa pediu licença ao delegado e acessou a internet no computador de sua sala, acionando o *link* da família Gastaldi.

Os quatro amigos cercaram a juíza, bem como o delegado e o pai de Índio. Enquanto liam, o delegado William e o tenente Parreira iam arregalando os olhos:

– Mas que coisa, hein?! – disse o pai de Índio. – Ao que me parece, temos parte do mistério descoberto.

– Eu também acho – concordou o delegado. – Tudo bate: Gastaldi Bisneto sempre teve problemas de comportamento; foi acometido de ódio pelo Ramos de Azevedo quando ouviu a história sobre o bisavô.

Acabou internado no Juqueri, que é obra do Ramos de Azevedo. Vai ver foi lá que se convenceu da vingança.

– Deve ter arranjado uns comparsas, prometido mundos e fundos para eles fazerem esses estragos todos nas obras do Ramos – completou o pai de Índio.

– Uns comparsas, tipo assim, que o Gastaldi levou na conversa, né? Todos olharam para Mauri.

– Como é que você sabe, Mauri? – perguntou Jade.

– Eu não sei de nada; só acho. O que é que um louco pode prometer pra outro?

Apesar da seriedade da ocasião, todo mundo acabou rindo do comentário de Mauri.

– Mas agora contem vocês dois a que conclusão chegaram sobre as obras do Ramos de Azevedo em relação à última pichação – pediu a mãe de Elisa.

O tenente Parreira tomou a dianteira, abrindo a relação de obras e a cópia dos dizeres traduzidos.

– Vamos por partes. A primeira frase da pichação diz: "Agora é hora da aula". Pela relação das obras do Ramos de Azevedo, ele construiu, aqui em São Paulo, dois colégios: o Rodrigues Alves, na avenida Paulista, e a Escola Normal da Praça da República, que virou o colégio Caetano de Campos.

– Que depois virou Secretaria da Educação – interrompeu Mauri.

– Isso mesmo – continuou o pai de Índio. – A segunda frase diz: "Depois, da diversão na feira". A obra do Ramos de Azevedo que nos leva a uma feira talvez seja o Mercado Municipal.

– Pois é. Na verdade, o Parreira e eu chegamos à conclusão de que os malucos vão atacar o Rodrigues Alves e o Mercado Municipal – revelou o delegado.

– Tenho dúvidas sobre o Mercado, William. E também, por que vocês acham que, quando disseram escola, os bandidos estavam se referindo ao Rodrigues Alves e não ao Caetano de Campos? – perguntou a juíza.

– Exatamente porque o Caetano não é mais uma escola; é uma secretaria de estado – explicou o delegado, deixando a juíza ainda na dúvida.

– Como não sabemos quando os bandidos agirão, eu vou disponibilizar uma vigilância, dia e noite, para o Rodrigues Alves e o Mercadão. São dois lugares onde circulam centenas de pessoas diariamente, e nunca se sabe o que um maluco tem em mente.

A juíza e os quatro amigos mantiveram-se em silêncio.

– O que você acha de nossas conclusões, Gláucia? – perguntou o delegado.

– Você, como delegado, tem muito mais faro para essas coisas do que eu, William. Portanto, acredito que conseguirão apanhar os facínoras, que, aliás, nem sabemos ao certo quem são. Apenas acreditamos no envolvimento do descendente do Isidoro Gastaldi e temos o retrato falado do tal Bochecha – respondeu a mãe de Elisa, já se despedindo. – Acredito que agora o que as crianças e eu temos a fazer é ir para casa, pondo-nos à sua disposição para o que precisar. Vocês concordam, garotada?

– Eu não concordo – disse Índio, com o rosto pegando fogo.

– Por que não, Iberê? – quis saber o delegado.

– Porque eu acho que eles não vão atacar o Rodrigues Alves, e sim o Caetano de Campos.

Todos silenciaram.

– Acha que vão atacar o Caetano e o Mercado Municipal, Iberê? – quis saber o delegado.

– Não; acho que vão atacar só o Caetano de Campos. O resto da pichação é palhaçada – respondeu Índio.

O tenente Parreira, achando descabido o último comentário do filho, despediu-se do delegado e dos demais.

– Vamos agir conforme o seu esquema, William – determinou ele.

– Esquema?! Tô dentro – empolgou-se Mauri.

Provocando riso geral, Mauri foi embora com Jade e Elisa, no carro da juíza.

NA MIRA CERTA

A caminho do Itaim, Índio estava pensativo.

– O que foi, filho? – perguntou o tenente Parreira.

– Já disse que tem coisa furada aí nessas conclusões que o senhor e o delegado tiraram, pai.

– Sobre os lugares a serem atacados?

– É.

– Que furo você acha que tem, filho?

– É que o Mercado Municipal fica bem longe do colégio Rodrigues Alves; um fica no Parque Dom Pedro II e o outro na avenida Paulista – explicou Índio.

– E o que é que tem?

– Como os lugares são distantes um do outro, os bandidos terão que se dividir; uns atacam o Rodrigues Alves e outros, o Mercadão.

– E se os dois ataques não forem no mesmo dia, Iberê? – quis saber o tenente Parreira.

– Se não forem, por que os bandidos deixariam pichadas as duas dicas juntas? Deveriam pichar a última frase no último lugar que atacassem: ou no Rodrigues Alves, ou no Mercado. A psicóloga, tia da Elisa, disse que os psicopatas fazem coisas repetidas.

O pai de Índio estacionou o carro na garagem. Pai e filho entraram em casa. O tenente parecia refletir.

– Tem bastante lógica isso que você disse, Iberê Carlos. Você acha então que os bandidos vão atacar o Caetano de Campos em vez do Rodrigues Alves? Mas o Caetano também não fica tão perto assim do Mercado Municipal.

– Mas eles não vão atacar o Mercadão, pai.

– Mas e a tal feira a que a mensagem se refere, filho?

– Nela eles falam da diversão na feira, não do ataque. E o que que feira tem a ver com mercado?

O tenente Parreira sentou em sua poltrona favorita e abriu o jornal.

– Vamos pensando juntos, Iberê; qualquer coisa, ligamos para o William.

– Quer saber? Vou tomar banho; quem sabe refresco as ideias – disse Índio, dando um beijo na careca do pai.

Índio tomou banho e terminou de ler seu atual livro de cabeceira. Anoiteceu e ele juntou-se aos pais para comer uma pizza. Depois, ligou para o Mauri, mas aquela ideia de que algo estava errado não saía da sua cabeça. Decidiu ir deitar, mas quem disse que o sono vinha? Ligou a TV e pilotou o controle remoto, até que o *Jornal Instantâneo* chamou sua atenção:

Em São Paulo, o delegado do 78º Distrito Policial, William Moura, parece estar próximo da solução das invasões seriais que têm espalhado terror na cidade. Sem dizer à reportagem para onde as viaturas iam, o delegado apenas confirmou que a polícia iria cercar os locais que, provavelmente, serão os próximos atacados. "Em breve, os meliantes estarão enjaulados", encerrou Moura.

Índio ficou observando a expressão de satisfação do delegado, coisa que, em relação ao mistério, ele ainda não conseguira ter. Rapidamente, uma segunda notícia entrou no ar:

Amanhã, domingo, o prefeito de São Paulo mandará fazer uma blitz-relâmpago *na feira de artesanato da Praça da República, onde, dizem, existem camelôs trabalhando sem a licença da Prefeitura.*

Entediado, Índio desligou a televisão.

"Que droga! Eu devia ter alugado um DVD. Detesto pegar filme pela metade", pensava, quando uma ideia assaltou a sua cabeça, ao se recordar da notícia. Imediatamente pegou o telefone:

SERÁ QUE VOCÊ SABE?

Índio parece ter matado a charada. E ele sempre achou que os dois lugares citados seriam bem próximos um do outro. Revendo a relação das obras de Ramos de Azevedo, na página 133, e olhando o mapa de São Paulo, na página 124, será que você também consegue matar a charada? Quais são os dois lugares para onde vai se dirigir a gangue do Bochecha?

E então, você vai poder marcar mais um ponto na sua Ficha de Detetive?

– Alô, Elisa? Sua mãe taí? Acho que matei a charada.

Em vão, a doutora Gláucia, o tenente Parreira e os quatro amigos tentaram localizar o delegado William para contar da nova possibilidade.

– Amanhã de manhã, o William aparece. Vai querer vigiar de perto o cerco ao Mercado Municipal e ao Rodrigues Alves – disse o tenente ao telefone para a juíza, depois de Índio ter lhe contado também suas suspeitas. – Como o meu filho e o Mauri conhecem melhor o tal Bochecha, proponho irmos nós seis para o outro local. Caso reconheçamos o homem por lá, imediatamente chamamos o William. O que a senhora acha, doutora Gláucia?

– Sinceramente, acho perigoso irmos para lá sem escolta policial, tenente – disse ela.

– O.K. Então vou continuar procurando o William. Caso não encontre, vou eu mesmo ao 78º DP assim que amanhecer, explico o caso e peço ajuda policial – propôs o pai de Índio, tranquilizando a mãe de Elisa.

O sábado finalmente terminou. Índio apagou a luz do quarto, mas não a das suas ideias.

Na Praça da República, todos os domingos, havia a feira de artesanato. A antiga Escola Normal, que virou o colégio Caetano de Campos, era na Praça da República. Tudo estava ali, no mesmo lugar, para os bandidos agirem; por isso, a pichação era a mesma. Com "depois, da diversão na feira", podiam estar querendo dizer que, depois do ataque ao Caetano de Campos, podiam se divertir na feira.

"E se meu pai não achar o delegado? E se a polícia não for para a Praça da República? E se eu estiver errado e o Bochecha e sua turma, em vez de só se divertirem, mandarem a feira de artesanato, com todos os turistas e visitantes, pros ares, soltando uma bomba? Eles vão agir de dia, isto está claro; caso contrário, não achariam feira nenhuma", a cabeça de Índio fervilhava.

O relógio mostrava que já era domingo. Ele não aguentou mais e ligou para Mauri, Elisa e Jade. Tinham que agir.

– Então tá combinado, Jade; às seis em ponto, na esquina da Brigadeiro com a Paulista – disse Índio, terminando o último telefonema.
– Hoje o Bochecha não escapa.

O dia amanhecia e Índio já estava pronto para sair. Precisava esperar seu pai ir em busca do delegado, visto que não tinha conseguido localizá-lo ao celular. Só quando ouviu a porta da rua se fechando é que foi para a cozinha comer alguma coisa.

– Iberê Carlos! – ouviu sua mãe chamar. – O que está fazendo aí embaixo?
– Me deu fome, mãe. Vou tomar um leite e voltar pra cama.

A mãe aceitou a desculpa e voltou para o quarto. Índio devorou uns biscoitos e em poucos segundos estava na rua.

"Ainda bem que domingo não tem trânsito", pensou, observando o ônibus que subia a rua Tabapuã.

Pouco tempo se passou até que os quatro amigos se reuniram no lugar combinado.

– Gostei de ver, tipo assim, hoje ninguém furou o esquema – comemorou Mauri, mostrando o relógio. – Vamos pegar o Praça da República, que a gente para bem na boca da dita-cuja.

– Meu coração tá disparado – revelou Jade, pegando a mão de Elisa e colocando em seu peito.

– Eu também estou com taquicardia – disse a outra. – Mas tenho certeza de que vamos conseguir resolver tudo hoje.

– Escuta, turma, a decisão de virmos sozinhos foi dos quatro, mas a gente tem que ficar esperto. Se der alguma zebra, nada de bancar o gostosão, viu, Mauri? – pediu Índio.

– E desde quando eu banco o gostosão?

– Desde sempre, Maurilsom; você sempre quer ser o gostosão – provocou Jade.

– Eu quero ser, não; tipo assim, eu sou – disse ele, descontraindo os amigos.

O ônibus parou no ponto final. Caminhando para a praça, a turma percebeu que alguns artesãos já iniciavam a montagem das barracas.

– Acho que a gente devia dar primeiro uma olhada no colégio – propôs Elisa. – Se alguma coisa já tiver acontecido, teremos certeza de que realmente é aqui que o Bochecha e sua turma vão agir.

– Então avisamos o delegado? – quis saber Mauri.

– Isso mesmo – confirmou Elisa.

– Putz, garota que gosta de estragar prazer! – continuou falando Mauri. – Tipo assim, se o delegado...

– STOP, Maurilsom! – gritou Jade. – A Elisa tem razão; nenhum de nós está preparado para caçar bandido.

– É isso aí, gente – meteu-se Índio. – Vamos fazer uma ronda no Caetano e agir como a Elisa propôs.

Assim foi feito. Os quatro rodearam, por várias vezes, aquele prédio maravilhoso, em pleno coração da Praça da República. A entrada imponente, com os dois lampiões margeando a escadaria branca, por onde passaram tantos alunos e professores.

– Já tão os dois bobalhões namorando o prédio – disse Mauri, provocando Elisa e Índio, mas sem obter sua atenção.

– Este centro velho de São Paulo é uma verdadeira aula de história, não, Índio? – comentou Elisa.

– Total – concordou ele. – Garanto que os turistas que vêm visitar a feira ficam babando.

– Até aquele momento, nada havia chamado a atenção dos quatro amigos, e o número de artesãos a montar suas barracas era cada vez maior. Repentinamente, um estrondo. Todo mundo parou o que estava fazendo para olhar. Uma escultura apoiada em um dos nichos que enfeitam toda a fachada da ex-escola espatifou-se no chão.

Aparentemente, as pessoas que montavam suas barracas e os transeuntes acharam que tinha sido um acidente. Mas Jade, Elisa, Índio e

Mauri, que já esperavam por alguma coisa, correram para ver o estrago. E perto da escultura despedaçada encontraram uma corda com um gancho amarrado na ponta, que certamente tinha servido para puxar a estátua para baixo.

Mauri pegou a ponta da corda, de onde pendia o gancho. Os outros o cercaram para observar melhor. De repente ele deu um grito e soltou a corda, que foi ziguezagueando no chão, como uma cobra.

– Alguém tá puxando a corda! – gritou também Índio.

– Ela tá indo pra lá – observou Jade, apontando o lado oposto de onde estavam.

– Vamos lá! – voltou a gritar Índio. – Vem, gente! – Então saiu correndo, seguido por todos.

– Olha lá, Índio! Atrás daquele poste – disse Mauri. – É o Bochecha que tá puxando a corda.

Índio também tinha visto.

– Elisa, liga pra tua mãe e pede pra ela avisar a polícia – pediu Índio, continuando na direção de onde tinha avistado o Bochecha.

Índio e Mauri, alcançando a corda, pisaram com toda a força sobre ela, agarrando o gancho.

– Se entrega, Bochecha! Você está cercado – gritou Mauri.

O Nesico-Bochecha estacou, espantado.

– Ih, o menino te chamou de Bochecha! – berrou o Castor. – Eu não disse, eu não disse que a tua bochecha era a maior que eu já tinha visto? – Então começou a rir.

– Melou! Melou! – gritou o Hilário. – O Bisneto vai ficar uma fera. Adeus, sítio; adeus, sossego de vida...

– Cala a boca, cretino! – mandou o Bochecha. – Nem tudo tá perdido, não. Eu nem nunca vi esse menino. Vamo dar no pé; quando a poeira baixar, a gente volta.

– E o acarajé que você prometeu? – perguntou o Castor, correndo atrás do Bochecha, que já se perdia no meio dos visitantes da feira de artesanato.

CAÇADA FINAL

– Alô, mãe? – gritava Elisa, ao telefone.

– Elisa?

– Mãe, por favor, ache o delegado, o pai do Índio, sei lá!, todo mundo que você puder. O Índio tinha razão; o Bochecha e a turma dele estão aqui, na Praça da República. Vem depressa, mãe!

– Cadê os caras, meu!? – berrou, desanimado, o Mauri, perdendo o Bochecha de vista.

Índio e Jade pararam de correr para esperar Elisa.

– Consegui falar com a minha mãe. Ela vai avisar o delegado e o pai do Índio. Cadê o Bochecha?

– Sumiu – respondeu Mauri. – Também, com essa furada de esquema...

– Que esquema, Maurilsom? Pode-se saber? – perguntou Jade, cansada de correr.

– Você tá pondo os bofes pra fora, Jade – disse Mauri, irritado por ela tê-lo chamado pelo nome verdadeiro. – Gordinha quando corre, já viu.

– Sou gordinha sim, e daí? Tem quem goste.

– Gente, pelo amor de Deus, isso é hora de brigar? – ponderou Elisa.

– Olha, nós somos quatro, a praça tem quatro cantos – matutou Índio. – Cada um de nós se planta em um deles e não sai, nem por decreto.

– Depois desse susto, cê ainda acha, tipo assim, que a turma do Bochecha vai aparecer, Índio?

– Garanto que vai. Certamente o Bisneto, se é que é ele mesmo o mandante, deve ter prometido alguma coisa legal que os três não querem perder por nada – disse Índio.

– É mesmo, eles são três – lembrou Jade, encaminhando-se para seu posto.

O povo foi chegando na feira. Turistas estrangeiros e brasileiros misturavam-se aos paulistanos, ávidos pelas mercadorias exibidas nas barracas.

Jade, Mauri, Elisa e Índio, firmes em seus postos, observavam cada pessoa. Mais de uma hora se passou. O sol inclemente surgiu banhando a Praça da República. Subitamente, uma sirene; era a polícia que chegava.

"Que cretino esse delegado! Devia chegar na surdina", pensou Mauri. "Agora é que o Bochecha não aparece mais."

Porém Mauri estava enganado. Bem no canto da praça que ele guardava, onde se instalaram as barracas de comida, um tumulto se formou. Mauri ouviu uma vendedora, vestida de baiana, gritar:

– Vixe Maria, de onde surgiu isso?

Então correu para ver de perto o que acontecia, dando de cara com o Bochecha, que, apavorado com a chegada da polícia, ameaçava a mulher.

– Faz logo esse acarajé, senão te dou uma moquecada na cabeça!

Só então Mauri percebeu que ele estava de pijama. Os outros dois, com caras de tontos, babavam-se observando os ingredientes do famoso prato baiano.

Em vez de ficar calado e procurar socorro, Mauri gritou, de novo:

– Se entrega, Bochecha! Vocês estão cercados!

O homem tomou um susto, largou a baiana e partiu para cima de Mauri.

– Por que é que tá se intrometendo, seu fedelho?!

Nesico-Bochecha, agarrando o braço de Mauri, saiu correndo, levantando com a outra mão a calça larga do pijama. Castor e Hilário nem se mexeram; continuaram a olhar as comidas.

Mauri, percebendo a besteira que havia feito, começou a gritar por socorro.

Os dois comparsas do Bochecha nem que quisessem teriam conseguido fugir, pois a polícia chegou muito bem armada, prendendo-os. As duas baianas da barraca gritavam de susto:

– Passamos a madrugada preparando a massa do acarajé e agora esses três comem tudo, de graça! Valei-me, Senhor do Bonfim!

– De algema, nem vou poder comer o acarajé. Que droga! – reclamou o Castor.

Enquanto isso, Mauri, que já havia perdido o equilíbrio e caído, continuava sendo arrastado pelo Bochecha.

– Ajuda aí, gente! – ele gritava. – Agarrem esse cara! Ele é bandido.

E quando já estava todo esfolado, de tanto ser arrastado, Jade apareceu, do outro lado da praça, jogou-se no chão e deu uma tesoura nas pernas do Bochecha, derrubando-o também.

– Segura ele, Mauri! – gritou ela. – Ajuda aqui, gente!

Os artesãos e turistas cercaram o local, e ajudaram a segurar o Bochecha. Então chegaram Índio, Elisa, o delegado, outros policiais armados, o tenente Parreira, a doutora Gláucia e até o seu Chico. Desesperado com a ausência do filho em casa àquela hora da manhã, seu Chico havia ligado para a casa de Índio e tomado conhecimento de toda a trama.

– Que safadice foi essa desses malucos? – disse ele, abraçando o filho. – Que perigo você e o Maurilsom correram, né não, Gina? Jane?

– Jade, seu Chico – corrigiu ela, arrumando os cabelos rebeldes, despenteados pela luta, e abraçando o amigo.

– Tá tudo bem com você, Mauri?

– Tô só, tipo assim, meio tonto e esfolado.

Seu Chico arrumou os cabelos do filho:

– Vamos pra casa, Maurilsom, tratar dos seus machucados.

Restabelecida a ordem, todos voltaram para suas casas. Em pouco tempo, os transeuntes, em meio àquela infinidade de produtos, nem se lembravam mais do ocorrido.

Os três malucos, escoltados pela polícia, voltaram ao tal sítio, que havia sido cercado. Lá, instruídos pelo delegado, falaram com o Bisneto ao telefone, encenando o papel de que tudo havia corrido bem. Mas só no final da tarde o Bisneto apareceu no local, sendo também rendido.

O Hilário começou a chorar. Se tudo tivesse dado certo, naquele momento eles estariam recebendo a escritura do sítio, como o Bisneto havia prometido.

Anoitecia quando o Bochecha, o Bisneto, o Castor e o Hilário foram levados de volta ao Hospital Psiquiátrico Franco da Rocha. O plano de vingança contra Ramos de Azevedo havia definitivamente se encerrado.

Segunda-feira, treze horas, barraca de *yakisoba* da mãe de Mauri.

– Hoje, a Jade é minha convidada – disse a mãe de Mauri. – O que você fez pelo meu filho não tem *yakisoba* que pague.

Jade abraçou a mãe do amigo, feliz da vida.

– Sabe que eu vou sentir falta do Bochecha? – disse ela, entre uma garfada e outra do macarrão chinês.

– Você é mais tantã que os caras – resmungou Mauri.

– Vocês sabem por que o Bochecha estava de pijama? – perguntou Elisa.

– Eu não, mas queria saber – interessou-se Índio.

– O delegado William contou para a minha mãe. Disse que ele esqueceu de ligar o despertador e, quando acordou, já estava em cima da hora de fazer o serviço. Daí saiu de pijama mesmo.

Os quatro amigos caíram na risada.

– E os outros dois, o Castor e o Hilário, que acharam melhor esperar o acarajé do que fugir? – lembrou Jade, até chorando de tanto rir.

– Gente, quanta loucura! – disse Índio.

– Se, tipo assim, eles são loucos, você queria o quê, Índio?

E todo mundo caiu na gargalhada outra vez.

– Sabe que fiquei curiosa para saber o que os três maluquetes, se não tivessem sido presos, iam aprontar na feira de artesanato? – confessou Jade.

– Aliás, dona Jade, eu não sabia que você sabia dar golpe de judô – disse Índio, lembrando a façanha da amiga. – O Mauri contou que você entrou com tudo e fez o Bochecha se arrebentar no chão.

– Nem eu sabia que sabia, Índio. Vi num filme de *kung fu* e achei que podia dar certo. Precisava tentar alguma coisa para salvar o Mauri.

– Tipo assim, sou gostosão ou não sou?

– Xiiiii, lá vem ele com as gracinhas! – reclamou Jade, enrubescendo.

– Felizmente, os malucos foram presos – disse Elisa. – Mas o fato é que vamos sentir falta dessa aventura toda.

– Vamos mesmo – concordou Índio.

– Em vez de sentir falta, por que a gente não arranja outra aventura? – propôs Jade, dando a última garfada no *yakisoba*.

– Tipo assim, que outra?

– Sei lá! Encrenca, meu filho, em qualquer esquina tem – respondeu Jade.

Sob os risos dos amigos, ela limpou os lábios. Jade estava certa: mais cedo do que pensavam, estariam envolvidos em outra aventura.

FICHA DE DETETIVE

TERROR NA PAULISTA

ESTE CASO FOI...

PÉSSIMO	FRACO	MÉDIO	BOM	MUITO BOM	O MÁXIMO
☐ ☐ ☐	☐ ☐	☐ ☐	☐ ☐	☐ ☐	☐ ☐

RESOLVIDO PELO 5º INTEGRANTE DOS CAÇA-MISTÉRIOS

SEU NOME

Índio

ÍNDIO

Jade

JADE

MAURI

MAURI

Elisa

ELISA

SOU A AUTORA

Eu, Eliana Martins, a autora

Nome completo: Eliana Sanches Hernandes Martins

Idade: Nasci em 1º de julho de 1949. Calculadora na mão... Já!

Uma qualidade: Dizem que sou mãezona, dos meus filhos e dos filhos dos outros. Não sei se é verdade, mas que gosto de ver a casa cheia, isso gosto.

Um defeito: Sou acelerada, funciono em alta rotação e, de vez em quando, acabo cobrando isso das pessoas. Péééééssimo, né?

Meu passatempo favorito: Apesar de ser acelerada, que não combina com ficar sossegada, adoro ler. Aliás, esse é o único momento em que fico em estado de relaxamento. Também gosto de pegar minha superbolsa (que tem máquina fotográfica, gravador, lupa etc.) e sair para levantar pesquisas para o próximo livro que vou escrever.

Meu maior sonho: É conhecer a Rússia. Estar na Praça Vermelha e avistar o Kremlin. Passear pelos campos de girassóis e, à noite, quando o frio moscovita enregelar as ruas, ouvir histórias antigas diante da lareira, ao som da balalaica.

Um pouco da minha vida: Cresci no bairro do Bixiga, em São Paulo, quando ainda se brincava na rua e não tinha assalto. Antes de me tornar escritora, trabalhava com crianças com necessidades especiais. Sou casada, tenho quatro filhos, dois netos incríveis e no aguardo de outro (cá pra nós, acho que, depois desse, ainda vêm outros. Hehehe...).

São Paulo

ENTÃO, GOSTOU DA HISTÓRIA QUE ACABOU DE LER ?

Nas páginas seguintes estão as pesquisas que Índio, Elisa, Mauri e Jade fizeram. Esperamos que elas tenham sido muito úteis para você marcar vários pontos na sua Ficha de Detetive. Se o seu resultado não foi lá essas coisas, fica um consolo: conhecer um pouco mais da história de São Paulo e do arquiteto Ramos de Azevedo.

PESQUISA DO ÍNDIO

História da cidade de São Paulo

Quando os padres José de Anchieta e Manuel da Nóbrega escalaram a Serra do Mar e chegaram ao Planalto de Piratininga, disseram, admirados: "ares frios e temperados, uma terra mui sadia, fresca e de boas águas". De fato, a localização da terra era perfeita: situava-se em uma colina alta e plana, cercada por dois rios, o Tamanduateí e o Anhangabaú.

Nesse lugar, fundaram o Colégio dos Jesuítas, em 25 de janeiro de 1554, data esperada pelo padre Manuel da Nóbrega para homenagear o apóstolo São Paulo. Ao redor do Colégio, em pouco tempo, iniciou-se a construção das primeiras casas de taipa, que dariam origem ao povoado de São Paulo de Piratininga.

PÁTIO DO COLÉGIO (DOS JESUÍTAS). AQUI NASCEU A CIDADE DE SÃO PAULO.

O povoado foi elevado à categoria de vila em 1560, mas a distância do litoral, o isolamento comercial e o solo inadequado ao cultivo de produtos de exportação condenaram a vila, por muito tempo, a uma posição insignificante no Brasil.

Em 1711, São Paulo finalmente foi elevada à categoria de cidade. Apesar disso, até o século XVIII, continuava apenas como um quartel-general de onde partiam as "bandeiras", expedições organizadas para capturar índios e procurar minerais preciosos nos sertões distantes.

No início do século XIX, São Paulo já se firmava como capital da província e sede de uma Academia de Direito, tornando-se importante núcleo de atividades intelectuais e políticas. Depois, viriam a criação da Escola Normal, a impressão de jornais e livros e o incremento das atividades culturais.

No final desse mesmo século, a cidade passou por profundas transformações econômicas e sociais decorrentes da expansão da lavoura cafeeira em várias regiões paulistas, da construção da estrada de ferro Santos-Jundiaí, em 1867, e do fluxo de imigrantes europeus.

Entre os anos de 1870 e 1939, 2 milhões e 400 mil imigrantes entraram no estado de São Paulo, segundo dados do Memorial do Imigrante. Italianos, japoneses, espanhóis, libaneses, alemães, judeus. Dezenas de povos estabeleceram-

-se em comunidades na cidade de São Paulo, contribuindo para que ela se tornasse um rico centro cultural.

Ainda no final do século XIX aconteceram as mais importantes realizações urbanísticas da cidade: a abertura da avenida Paulista, em 1891, e a construção do Viaduto do Chá, em 1892, que promoveu a ligação do "centro velho" com a "cidade nova" (formada pela rua Barão de Itapetininga e redondezas), facilitando o fluxo na região.

VIADUTO DO CHÁ, O PRIMEIRO CONSTRUÍDO EM SÃO PAULO. O NOME SE DEVE ÀS PLANTAÇÕES DE CHÁ QUE HAVIA NA REGIÃO.

Nessa modernização de São Paulo, sem dúvida o trabalho do arquiteto Francisco de Paula Ramos de Azevedo teve grande importância.

O século XX chegou como sinônimo de progresso para São Paulo. A riqueza proporcionada pelo café espelhava uma cidade moderna. Trens, bondes, eletricidade, telefone, automóvel... São Paulo crescia e ganhava calçamento, praças, viadutos, parques e os primeiros arranha-céus.

O ano de 1911 trouxe o Teatro Municipal, obra de Ramos de Azevedo e sede de espetáculos que entretinham a elegante elite paulistana. Em 1920, São Paulo tinha 580 mil habitantes, e via o café sofrer uma grande crise.

Na década de 1930, a cidade iniciou definitivamente seu processo de "verticalização", com a inauguração do Edifício Martinelli, maior arranha-céu de São Paulo na época, com 26 andares e 105 metros de altura.

Mil novecentos e cinquenta e quatro chega e, com ele, o aniversário de quatrocentos anos da fundação de São Paulo. Diversos eventos marcaram a data, mas sem dúvida alguma o principal foi a inaugura-

CONSTRUÍDO PELO IMIGRANTE GIUSEPPE MARTINELLI, O EDIFÍCIO É SUA HOMENAGEM À CIDADE QUE O ACOLHEU E ONDE ELE FEZ FORTUNA.

MILHARES DE PESSOAS VÃO AO IBIRAPUERA NOS FINS DE SEMANA. É "A PRAIA DOS PAULISTANOS".

ção do Parque do Ibirapuera, principal área verde do município.

No início do século XXI, São Paulo conta com mais de dez milhões de habitantes, mantendo-se como uma das maiores cidades do mundo.

História da avenida Paulista

No dia 8 de dezembro de 1891, no espigão do morro que os índios chamavam de Caaguaçu, onde nascia o rio Saracura, foi rasgada uma avenida de 2,8 quilômetros de extensão. Seu construtor foi o coronel uruguaio Joaquim Eugênio de Lima.

A avenida Paulista, como foi batizada, aos poucos tornou-se a preferida dos ricos senhores cafeicultores e da nascente burguesia comercial, industrial e financeira, que nela construíam elegantes casarões. As corridas de charretes e dos primeiros automóveis, os corsos carnavalescos e a folia dos Salões do Belvedere Trianon traduziam a presença marcante da avenida na história da cidade.

No final dos anos 1920, seu nome foi alterado para avenida Carlos de Campos, em homenagem ao ex-presidente* do estado de São Paulo. Mas veio a reação da sociedade e, com ela, a volta ao nome popularmente consagrado.

Além dos casarões dos barões do café, outras construções belíssimas marcaram a avenida naquela época, como a Casa das Rosas, o Instituto Pasteur, o Grupo Escolar Rodrigues Alves, o Hospital Santa Catarina. Da época contemporânea, destacam-se: o Conjunto Nacional, o Edifício Nações Unidas, o Masp, o prédio da Fiesp/Ciesp.

No centenário da avenida Paulista, as operações da linha do metrô, ramal Paulista, já funcionavam. Hoje ela é o cartão-postal da cidade de São Paulo, um lugar que turista nenhum deve deixar de conhecer.

COM O CRESCIMENTO DA CIDADE, OS ANTIGOS CASARÕES DERAM LUGAR A MODERNOS EDIFÍCIOS.

* Denominação da época para o ocupante do cargo semelhante ao de governador hoje.

PESQUISA DA ELISA

O ciclo do café no estado de São Paulo

No final do século XVIII, o café, acompanhando o chamado "Caminho Novo", que ia da vila de Guaratinguetá em direção à cidade de São Sebastião do Rio de Janeiro, chegou transformando o Vale do Paraíba paulista. Iniciava-se o ciclo do café no estado de São Paulo.

Rapidamente, sua plantação substituiu as de cana-de-açúcar, milho, feijão, fumo, algodão e mandioca, fazendo nascer novas vilas e povoados. Em pouco tempo, o café já dominava toda a economia vale-paraibana e era exportado pelos portos de Paraty, Ubatuba, Jurumirim, São Sebastião e outros.

O vale paulista tornou-se o expoente econômico da província de São Paulo e um dos mais importantes do Brasil Império.

A paisagem rural sofreu uma violenta transformação, com a derrubada de matas virgens para dar lugar aos cafezais. Surgiram as casas-grandes majestosas, as senzalas, as tulhas construídas em taipas de pilão, os tanques para a lavagem do café, os terreiros de pedra para secar os grãos, as casas de máquinas para beneficiar o produto, as oficinas de selaria, cestaria, carpintaria, os carros de bois, as tropas de mulas.

AVENIDA PAULISTA, EM 1902, COM SUAS SUNTUOSAS MANSÕES, ENDEREÇO PREFERIDO DE MUITOS "BARÕES DO CAFÉ".

FONTE: SOCIÉTÉ GÉNÉRALE D'IMPRESSION, PARIS

Posseiros derrubavam as matas, abriam as lavouras, lançavam as primeiras sementes e, alguns anos depois, começavam a colher o precioso grão. Fizeram nascer e florescer as grandes fazendas de café e as poderosas oligarquias, que dominavam as terras, as águas, os municípios. Novas cidades cresceram no centro das grandes fazendas de café, protegidas e administradas pelos fazendeiros e "barões do café".

Além das casas-grandes, sedes de seus imensos latifúndios, esses "barões" construíam palacetes e solares nas cidades onde moravam. À medida que o café enriquecia o fazendeiro, as casas-grandes e os palacetes eram reformados, ampliados, ornados com detalhes de luxo e nobreza.

ESCRAVOS NA LAVOURA DO CAFÉ, EM SÃO PAULO – ROTINA TÃO DURA QUANTO NOS ENGENHOS DE CANA-DE-AÇÚCAR DO NORDESTE.

Com o aumento da produção do café, cresceu a necessidade de mão de obra escrava. Como a Lei Eusébio de Queirós proibia a entrada de negros africanos nos portos brasileiros, os fazendeiros criaram o tráfico interno, comprando os escravos dos engenhos decadentes do Nordeste. Em 1888, ano da abolição da escravatura no Brasil, 75% da mão de obra escrava existente no país estava nas fazendas de café. Nos inventários e testamentos dos fazendeiros de café, os escravos representavam a maior parte do patrimônio.

A partir das duas décadas finais do século XIX, porém, a economia cafeeira da região do Vale do Paraíba, controlada pelos históricos "barões do café", entrou em declínio. Terras esgotadas, a escassez de mão de obra escrava, entre outras razões, explicavam esse fato.

Se por um lado isso ocorria naquela região, uma grande expansão cafeeira surgia em outras áreas do estado, abrangendo as cidades de Campinas, Rio Claro, São Carlos, Araraquara, Catanduva, Pirassununga, Casa Branca e Ribeirão Preto.

Em 1868, surgiu a Companhia Paulista de Estradas de Ferro, financiada com o capital dos fazendeiros do Oeste paulista. Depois foram criadas várias estradas de ferro, como a que ligou Campinas a Jundiaí, a Sorocabana, a Mogiana e a Ituana.

A sociedade local enriqueceu vertiginosamente. Uma demanda crescente do café nos mercados estrangeiros fez com que os preços subissem, incentivando aqueles que tinham condições de transformar seus canaviais em cafezais. Campinas se tornou a capital agrícola da província, rivalizando com a cidade de São Paulo.

Foi nesse processo de enriquecimento da sociedade paulista que o trabalho do arquiteto Ramos de Azevedo se projetou.

Sem a mão de obra escrava e com o café em alta, era hora de buscar em outros lugares o trabalho braçal. Iniciava-se a fase áurea da imigração no Brasil.

Os imigrantes

A chegada dos imigrantes ao Brasil, sem contar os portugueses, nossos colonizadores, aconteceu a partir da abertura dos portos às "nações amigas", em 1808, e da independência do país, em 1822. Não podemos esquecer também que milhões de negros foram obrigados a cruzar o oceano Atlântico, ao longo dos séculos XVI até XIX, com destino ao Brasil, constituindo a mão de obra escrava.

Em busca de oportunidade na nova terra, para cá vieram os suíços, que se instalaram no Rio de Janeiro; os alemães, no Rio Grande do Sul e Santa Catarina; os eslavos, no Paraná; os turcos e árabes, na Amazônia; os italianos, que em sua maioria se instalaram em São Paulo; os japoneses, entre outros.

Dentre as regiões brasileiras, a mais atraente era o estado de São Paulo, e o objetivo da política imigratória já não era mais trazer famílias que se convertessem em pequenos proprietários, mas obter braços para a lavoura do café, em plena expansão no estado. A opção pela imigração em massa foi a forma de substituir o trabalhador negro escravo, após a abolição, em 1888.

A partir das primeiras levas, a imigração em cadeia desempenhou papel relevante. As pessoas aqui estabelecidas acabavam chamando seus amigos e familiares para que viessem também para o Brasil. Os dados indicam que 4,5 milhões de pessoas emigraram para o país, entre 1882 e 1934. Destes, 2,3 milhões vieram para São Paulo.

Junto à mão de obra imigrante, o trabalho de Ramos de Azevedo foi preponderante. Necessitado de operários especializados, fundou o Liceu de Artes e Ofícios, que oferecia cursos de escultura, pintura, cerâmica, pintura em azulejos e outras atividades artísticas dirigidas à construção de residências. Os artesãos que saíam do Liceu, em sua maioria, eram aproveitados pelo escritório do arquiteto e disputados por outras empreiteiras.

DESEMBARQUE DE TRABALHADORES ESTRANGEIROS NA HOSPEDARIA DOS IMIGRANTES, QUE JÁ ALOJOU CERCA DE 2,5 MILHÕES DE PESSOAS, DE MAIS DE 60 NACIONALIDADES DIFERENTES.

Na segunda metade dos anos 1930, a imigração em massa cedeu terreno. A demanda de força de trabalho, necessária para o desenvolvimento industrial, passou a ser suprida cada vez mais pelas migrações internas. Habitantes do Nordeste do país e do estado de Minas Gerais abandonaram suas regiões em busca do "Eldorado Paulista". Dos estrangeiros, somente os japoneses ligados à pequena propriedade agrícola continuaram a vir em grande número para São Paulo.

O processo imigratório foi de grande importância para a formação da cultura brasileira, que ao longo dos anos incorporou características dos quatro cantos do mundo.

PESQUISA DO MAURI

Ramos de Azevedo – vida e obra

Francisco de Paula Ramos de Azevedo nasceu em São Paulo, em 1851, e faleceu na mesma cidade, em 1928. Ainda jovem, partiu para Gante, na Bélgica, onde estudou engenharia civil e arquitetura clássica.

Recém-formado, retornou ao Brasil, estabelecendo-se em Campinas. Nessa cidade, executou seus primeiros projetos, como o Paço de Campinas, a Catedral e o Matadouro Municipal, entre outros.

No fim do século XIX, foi convidado a projetar a residência de alguns membros da elite paulistana. Decidiu então se estabelecer na cidade de São Paulo, onde inaugurou um escritório técnico que tornou seu nome, em pouco tempo, influenciador da arquitetura local.

Parte desse sucesso deve-se ao fato de Ramos de Azevedo, um homem de muita visão, expandir seus negócios para além da área da construção, tornando-se empresário com participação nos negócios imobiliários. A partir de então, seu escritório também se propunha a negociar terrenos e casas, na capital paulista ou em seus subúrbios, empreitando, fazendo hipotecas, empréstimos e corretagens em geral.

Durante algumas décadas, foi do escritório de Ramos de Azevedo que saíram praticamente todos os projetos residenciais da elite, bem como os principais projetos públicos da cidade de São Paulo.

O PRIMEIRO PRÉDIO DA ESCOLA POLITÉCNICA, PROJETO DE RAMOS DE AZEVEDO

Acreditando que todo engenheiro devia saber sobre arquitetura e vice-versa, fundou, com um grupo de aristocratas paulistas, a Escola Politécnica de São Paulo. Essa escola formava engenheiros-arquitetos, modelo similar ao que experimentou na Europa.

Ramos de Azevedo também se ligou ao ensino quando se tornou diretor do Liceu de Artes e Ofícios de São Paulo, onde promoveu uma reforma de ensino que tornaria a escola reconhecida em todo o país.

Devido à importância de sua obra para a cidade de São Paulo, foi erigido, em frente ao prédio do Liceu, na avenida Tiradentes, um monumento à sua memória. Em 1970, porém, devido às obras do metrô, ele foi transportado para o campus da Universidade de São Paulo, na capital, e está instalado em frente à Escola Politécnica, que Ramos de Azevedo ajudou a criar.

CASA ONDE MOROU RAMOS DE AZEVEDO – LÓGICO, PROJETADA POR ELE MESMO.

Principais obras públicas do escritório de Ramos de Azevedo na cidade de São Paulo e adjacências

Teatro Municipal de São Paulo
Mercado Municipal de São Paulo
Palácio das Indústrias
Catedral de São Paulo
Edifício Ramos de Azevedo
Edifício dos Correios e Telégrafos de São Paulo
Colégio Caetano de Campos (antiga Escola Normal e atual Secretaria da Educação) e Jardim de Infância, na Praça da República
Secretarias da Fazenda e Agricultura
Quartel Tobias de Aguiar
Palácio da Justiça
Pinacoteca do Estado
Casa das Rosas
Santa Casa de Misericórdia de São Paulo
Parque da Luz
Estação da Luz (Júlio Prestes)
Penitenciária do Estado
Hospital Psiquiátrico do Juquerí
Colégio Rodrigues Alves

PESQUISA DA JADE

Mapa-esboço da avenida Paulista, na época de sua inauguração

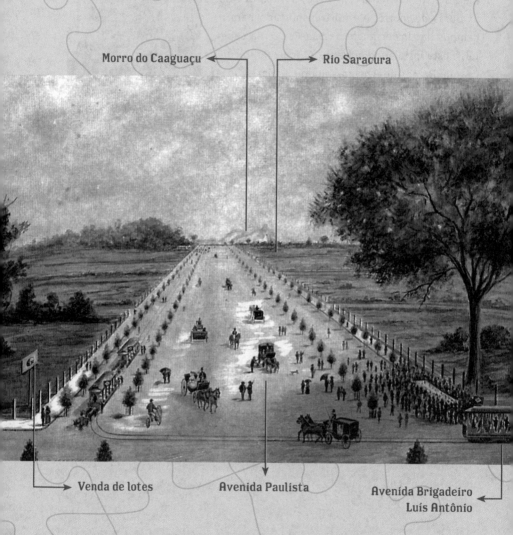

RESPOSTAS
DOS ENIGMAS

P. 33: Esta é a primeira. Qual virá depois?

P. 38: Alternativa C.

P. 41: O Teatro Municipal.

P. 45: Esta é a segunda. Qual virá depois?

P. 59: A palavra é *obra*, e se refere a obras ligadas a Ramos de Azevedo.

P. 67: O Palácio das Indústrias.

P. 76: A Pinacoteca do Estado.

P. 77: O bilhete diz "vão ganhar", o que significa que tem mais de uma pessoa.

P. 80: A letra G na placa sobre o ponto de venda de lotes e o rio Saracura.

P. 86: 1) É isso aí! Agora é hora da aula. Depois, da diversão na feira. 2) Hospital Psiquiátrico do Juqueri.

P. 95: A palavra é *aula*, que pode se relacionar com o colégio Caetano de Campos ou com o colégio Rodrigues Alves.

P. 112: O antigo colégio Caetano de Campos e a Praça da República, onde aos domingos há uma feira de artesanato.